전업주부는 처음이라

대기업 그만둔 X세대 아저씨의 행복 찾기 

전업주부는 처음이라

손주부 지음

지금 이렇게 사는 게 맞나?

2005년 몸에 좋은 것과 나쁜 것을 동시에 파는 한 회사에 지원했다. 한국에 있는 통신회사의 자회사로 생각하고 면접을 보러 갔는데 면접장 대기실 주변에 진열된 수많은 담배를 보고 깜짝 놀랐다.

'아, 여기는 담배회사구나!'

이렇게 면접 준비도 제대로 안 된 취업 준비생은 영어를 잘한다는 한 가지 이유만으로 회사에 덜컥 합격했다. 회사 두 군데에 합격해서 어디로 갈지 고민했는데, 누군가 이렇게 말했다.

"네가 합격한 회사 영문명은 칼퇴근의 줄임말이래!"

그 말을 듣자마자, 이 회사에 들어가기로 결심했다. 하지만, 머지않아 회사의 영문명이 칼퇴근이 아니라 "칼퇴근하면 칼 맞는다"라는 사실을 깨달았다(물론 지금은 칼퇴가 가능한 회사다). 선배들은 근무 시간이 지나도 도무지 집에 갈 생각을 하지 않았다. 분명히 집에 가면 사랑하는 아내와 자식들이 있을 텐데, 저녁 식사 후 다시 회사로 돌아와 밤늦게까지 일했다.

동기 중에는 회사를 진짜 자기 애인처럼 사랑하고 열정적으로 일하는 친구들도 있었는데, 나는 순전히 돈을 벌기 위해 직장을 다녔다. 그렇게 돈 때문에 꾸역꾸역 좀비처럼 직장을 다니던 어느 날 갑자기 엄마가 돌아가셨다.

평소 너무나도 건강했던 엄마이기에 엄마의 죽음이 믿기지 않았다. 꿈을 꾸고 있는 것만 같았다. 정신없이 장례를 치르고 강원도에 소재한 공원묘지에 엄마를 모시고 집으로 돌아오는데 이런 생각이 들었다.

'나는 왜 사는 걸까?'

'지금 이렇게 사는 게 맞나?'

'이렇게 살다가 엄마처럼 죽을병에 걸리면 후회하지 않을 자신이 있는가?'

이 물음에 답할 수가 없었다. 그렇다고 회사를 관두고 하고 싶은 일을 하면서 살 용기도 없었다. 그래서 엄마가 돌아가시고 난 후에도 먹고 살기 위해 오랫동안 계속 회사에 다녔다. 게다가 토끼 같은 딸들과 아내를 책임져야 하는 가장이 되고 난 후부터는 직장을 관두기가 더욱 힘들어졌다.

그러던 어느 날 야근을 하고 있었는데 갑자기 사표를 내고 싶다는 생각이 들었다. 뭔가에 홀린 듯 인터넷에서 '사표 쓰는 방법'을 검색했다. 그날 밤 사표를 작성하고 편지 봉투에 고이 담아 재킷 안 주머니에 넣었다.

다음 날 아침, 이상하게 회사를 관두고도 잘 먹고 잘 살아갈 수 있을 것 같다는 근거 없는 자신감이 들었다. 평소 같으면 가슴에 사표를 품고 있다가 정신을 차리고 사표를 찢어버렸는데, 그날은 이상하게도 사표를 정말 내고 싶었고 부장님께 회사를 그만 다니겠다고 말씀드렸다.

그렇게 충동적으로 사표를 던지고 후회가 밀려올 때 즈음 불안한 마음을 달래기 위해 글을 쓰기 시작했다. 에세이도 쓰고 경제 관련 글도 쓰고, 하고 싶은 이야기를 내 마음대로 썼다. 글이 제법 쌓여 가던 어느 날, 한 출판사로부터 출간 제의를 받았다.

답답한 마음을 배설하듯 써 내려간 글들에 사람들이 반응하기 시작했다. 공감의 댓글과 응원의 댓글을 받으면서 불안하고 황량했던 마음은 따스함으로 차기 시작했다. 앞으로 들려드릴 이야기는 사표 내기로 결심한 날부터 아저씨가 전업주부로 살아가면서 겪게 되는 소소한 이야기다.

손주부

차례

3장 쇼핑을 알면 살림이 보인다

4장 가족을 내 몸과 같이 사랑하라

1장

전업주부로 살기로 했다

사표를 냈다

15년간 다니던 회사를 퇴사하기로 마음먹은 날 아침, 부장님께 출근하자마자 말했다.

"부장님, 저 잠깐 시간 되시면 면담 좀 부탁드립니다."

"손 과장, 무슨 일이야, 아침부터 사람 무섭게 면담이라니!"

부장님 앞을 성큼성큼 걸어서 회의실에 들어갔다. 그리고 부장님이 회의실에 들어오자마자 말씀을 드렸다.

"부장님, 저 이제 회사 그만 다니려고 합니다. 2주에서 1달 이내에 나갔으면 하니, 후임자를 빨리 구해 주시기 바랍니다."

부장님은 적지 않게 놀란 얼굴이었다.

"왜 그래? 무슨 일이야? 내가 너무 일을 많이 시켜서 그런

거야? 아니면 실장님이 요새 너무 혼내서 그런 건가?"

머릿속에서 어떤 답변을 해야 할지 온갖 생각이 다 지나갔다. 사실대로 말씀드려야 하는지 아니면 잘 포장된 가식적인 말을 하고 나와야 하는지 혼란스러웠다. 그래서 가식과 사실의 중간을 선택했다. 퇴사 이유 중에 말씀드려도 곤란하지 않을 사유로 말했다.

"사실 허리가 좀 안 좋았는데, 지난 금요일부터 허리 통증이 심해졌습니다. 앉아서 도저히 일할 수가 없네요. 지난 15년 동안 좋은 직장에 다녀서 가정도 꾸릴 수 있었고, 많은 경험도 쌓을 수 있어 정말 좋았는데 이렇게 되어 정말 죄송하고 아쉽습니다."

이렇게 말하고 나면 부장님이 "그래, 알았어! 오늘 중으로 사표 처리할게"하고 말했다면 좀 속상했을 텐데, 부장님은 정말 고맙게도, 나를 붙잡았다. 본인도 매일 사표 내고 싶은데 참고 산다고 말했다. 한창 돈 벌어야 할 때인데, 지금 관두면 애들은 어떻게 할 거냐며, 원래 다 그렇게 사는 거라고 말했다. 힘들면 조금만 더 참았다가 같이 해외 주재원으로 가자며 퇴사를 말렸다. 이렇게 회사에 붙잡아 두려는 부장님 모습을 보니 죄송하기도 하고 너무 감사했다. 사표를 내자마자 기다렸다는 듯이 바로 수리했으면, 마음이 씁쓸했을 것 같다.

"부장님, 그간 퇴사에 대해 오랫동안 생각했습니다. 15년간 회사에서 직장인으로 살았으니 이젠 뭔가 다른 일을 해보고 싶습니다."

단호한 표정을 보고 부장님은 이제 설득이 어렵겠다고 생각하셨는지, 알겠다고 말씀하셨다. 회의실을 나온 부장님은 바로 실장님 실에 들어가서 나의 사직 의사를 전달하셨다.

회사에 사직 의사를 전달하고 이틀간 집에서 쉬었다. 허리 통증이 심하기도 했고, 끝없이 쏟아지는 업무에서 좀 벗어나고 싶었다.

쉬는 이틀 동안 퇴사 소식은 발 없는 말이 천 리 가듯 사내에 쫙 퍼졌다. 휴가 복귀를 한 날 책상 위의 전화기는 소문의 진실을 확인하고자 하는 사람들로 인해 끊임없이 울렸다. 사람들의 질문은 대개 이러했다. '회사 나가면 계획이 있느냐?' '나가서 먹고 살 준비가 되었냐?'로 압축되었다. 솔직히 계획이 없었다. 영화 〈기생충〉에서 '송강호' 씨가 했던 말처럼 인생에 계획대로 되는 건 없으므로, '무계획이 계획이다'라며 묻는 이들에게 답했다. 그러면 그들은 날 미친놈처럼 쳐다보거나 거짓말하지 말라며 소리쳤다.

불혹이 지나고 인생을 돌아보니 계획대로 되는 것이 없었다. 어릴 때 계획한 대로 살았다면, 서울대 의대에 갔을 것이다. 지금쯤 강남의 노른자 땅에 병원을 차려놓고 떵떵거리며 살고 있었을 텐데, 계획과는 달리 수능을 망쳐 재수가 불가피한 점수를 받았다.

평소 공부를 못했다면 집안에서 기대도 하지 않았을 텐데, 기대 이하의 수능 성적이 나왔을 때 집안 분위기는 말이 아니었다. 어머니는 못난 자식 덕분에 앞으로 친구들 모임에 어떻게 나가냐며 한탄하셨다. 대학 가면 과외 해 달라던 동네 동생들도 등을 돌렸다. 그깟 시험 점수가 뭐라고, 수능 성적표를 받아 든 날 집안의 수치이자 인생 낙오자가 되어 버렸다.

주변의 따가운 시선 탓도 있었지만, 재수하며 한국에 더 있고 싶지 않아서 도망치듯 미국으로 유학을 갔다. 미국에서 학비가 가장 저렴한 주립대학교를 운 좋게 찾았고 급하게 준비해서 유학을 떠났다.

돌이켜보면 수능을 망친 덕분에 유학을 갔고, 유학 때문에 영어를 잘할 수 있었다. 지금이야 영어 잘하는 사람이 많지만, 2000년대 초반에는 그리 많지 않았다. 덕분에 좋은 직장에 취업도 하고 해외사업부에서 일도 할 수 있었다. 출장이긴 하지만, 해외 여러 나라를 돌아다니며 그들의 삶과 문화를 체험해 볼 수 있었다. 수능을 잘 봐서 의사로 사는 것도 좋았겠지만, 망쳤기 때문에 전 세계를 누비며 다양한 경험을 할 수 있었다.

이러한 경험 덕분인지, 마흔한 살이라는 젊은 나이에 회사를 관두는데도 크게 걱정되지 않았다. 러시아 공장에서 일하던 부하 직원의 한 달 월급은 50만 원이 채 되지 않았지만, 매일 동료들과 축구를 하며 행복한 나날을 보냈다. 돈을 좋아하지만, 무엇 때문에 돈을 버는지 오랫동안 잊고 살았다. 회사에 남았으면 안정된 생활과 노후가 보장되었겠지만, 승진에 대한 스트레스, 사내 정치에 대한 압박으로 힘든 삶을 살았을 것이다.

지금 당장 무슨 일을 하고 싶은지, 무슨 일을 하게 될지, 구체적인 계획은 없지만, 책을 읽고 사색하며, 내가 어떤 사람인지 성찰해 보는 시간을 갖고 싶다. 월요일이면 마지막 출근 날이다. 연봉 1억에 2038년까지 정년이 보장되는 대기업에서 사표를 내고 나온다는 말에 주변에서는 미쳤다, 집이 잘사나 보다, 나중에 후회할 거라며 협박 아닌 협박을 했지만, 아내는 나의 선택을 진심으로 지지해 주었다.

매달 꾸준히 들어오던 월급이 끊어져도 잘 살 수 있을지, 매월 필요한 금액을 계산해 보았다. 주거비, 관리비, 식비 등을 계산해 보니 생각보다 많은 돈이 필요치 않았다. 그간, 월급은 회사에서 받은 스트레스를 해소하기 위해 대부분 쇼핑하는 데 쓰고 있었다.

미국의 유명한 심리학 저널에 따르면 '스트레스는 삶을 스스로 통제하지 못하고 주변 상황이 내 삶을 통제하고 있다는 느낌을 받을 때 생긴다'고 한다. 학창 시절에는 나만 잘하면 되었다. 하지만, 회사에서는 그렇지 않았다. 나만 잘한다고 실적이 잘 나오는 일은 없었다. 적당한 운도 필요하고 주변 사람들의 도움도 필요했다. 열심히 노력했는데도 불구하고 실적이 좋지 않으면 스트레스를 심하게 받았다. 스트레스를 받으니 몸에서 고장 신호가 들리기 시작했다.

내 삶을 통제하고 있다는 느낌을 다시 받는 가장 손쉬운 방법은 쇼핑이었다. 회사 생활 15년 차, 정신을 차려보니 나는 쇼핑 중독에 빠져 있었다.

회사에 다니지 않으면 내 삶을 스스로 통제하면서 살 수 있을 것이고, 스트레스를 적게 받을 테니 우발적 쇼핑이 줄어들 것이다. 회사 다니는 동안 모아온 미국 주식도 있고, 사표 내면 받는 퇴직금도 있으니, 퇴사하더라도 어떻게 든 살아갈 수 있지 않을까?

사표 내고 본 중소기업 면접

퇴사하고 며칠 동안은 정말 좋았다. 퇴직금도 나왔겠다 시간도 있고 돈도 있고 세상 누구도 부럽지 않았다. 집에서 온종일 놀기만 했다. 책 읽다가 글 쓰다가 배고프면 밥 먹고 그마저 지루하면 동네 주변을 걸었다. 아무 걱정이 없었다. 따뜻한 봄날 그늘에 누워 편히 쉬는 강아지 같은 팔자였다. 그런데, 웬걸 백수 생활이 일주일이 되고 한 달이 되니, 점점 불안해지기 시작했다. 퇴사한 지 두 달이 되어 가던 날, 정신을 차려 보니 나도 모르게 컴퓨터 앞에 앉아 있는 나를 발견했다. 컴퓨터 앞에서 나는 미친 듯이 입사 지원서를 작성하고 있었다.

마지막으로 입사 지원서를 작성한 것이 2005년이었으니깐, 딱 15년 만에 입사 지원서를 쓰고 있었다. 입사 지원서를 10여 곳의 회사에 넣었는데, 그중 한 곳에서 면접 보자고 연락이 왔다. 생긴 지 얼마 되지 않은 중소기업이었는데, 홈페이지를 통해 본 그들의 직장 문화가 참 좋아 보였다. 사진 속 직원들은 모두 젊고 행복해 보였다.

오전 11시에 면접이 잡혔다. 문정역에 소재한 회사였다. 집에서 지하철로 네 정거장 거리밖에 되지 않았다. 이동 시간을 많이 잡아 봐야 15분이면 충분할 듯해서, 10시 10분에 슬슬 출발했다.

지하철을 타고 휴대전화로 예상 도착 시각을 확인하는 순간 기겁했다. 면접 장소는 지하철역으로부터 굉장히 멀리 떨어져 있어서 예상 도착 시각이 10시 50분으로 떴다. 초행길인 데다 사무실이 12층에 있어서 승강기 대기 시간까지 고려하면, 면접 장소에 늦게 도착할 것 같았다. 갑자기 심장이 두근거리면서, 조바심이 났다. 지하철역에서 내리자마자 구두끈을 단단히 묶고 달리기 시작했다. 6월 초순임에도 불구하고 30도가 넘는 한여름 날씨였다. 그늘도 없는 뙤약볕 아래 양복을 입고 미친 듯이 전력 질주했다. 면접 본다고 머리엔

왁스를 바르고 잘 다려진 흰색 와이셔츠에 봄, 가을용 울 정장을 입고 뛴 덕분에 온몸에서 땀이 비 오듯 나왔다. 만화 속 주인공처럼 다리가 동그라미 모양으로 바뀔 정도로 빨리 달렸다. 미친 듯이 달린 덕분에 다행히 면접 15분 전에 도착할 수 있었다. 땀을 식히고 숨을 고를 겸 화장실에 들어가 거울을 보았다.

"꺅!!!"

얼굴에 바른 선크림은 땀에 씻겨 얼룩덜룩했고, 머리에 바른 왁스는 바람에 날려 아톰 머리가 되었으며, 겨드랑이에서 나온 땀들은 와이셔츠에 얼룩무늬를 선사해 주었다. 오늘 면접은 정말 망한 것 같았다. 화장실 휴지로 대충 이마의 땀을 닦고 회사에 들어갔다. 리셉션에 계시던 분이 시원한 보리차를 주시며, "저쪽 면접 장소에 들어가 대기하고 계세요"라고 말했다.

전 회사와 비교해서 이번 회사는 참 아담했다. 대표가 40대 초반의 젊은 사람이어서 그런지 사무실은 구글이나 페이스북 같은 느낌이 났다. 성수동 카페처럼 인스타 감성의 실내 장식과 캐주얼한 옷차림의 직원들은 IT 기업 같은 분위기를 연출했다. 혼자 감색 양복에 넥타이 차림이어서, '나 오늘 면접 보러 왔어요!' 하고 광고하는 것만 같았다.

잠시 뒤 면접관 두 명이 들어왔다. 어색한 악수와 인사를 나누고 첫 번째 질문을 들었다.

"아니 왜 그 좋은 회사 관두고 이런 회사에 오시려는 거예요?"

순간 갈등에 빠졌다. 퇴사 이유를 사실대로 말하면 바로 탈락할 거 같고, 그렇다고 가식적으로 말하려고 하니 영 맘이 내키지 않았다. 솔직히 말해 퇴사 이유는 다 뻔하지 않은가? 회사가 싫으니까 나온 거다. 안 맞으니 나온 거다. 절이 싫으면 중이 나오는 거다. '뻔히 알면서 왜 이런 질문을 하는 걸까?'란 생각과 함께 대학 시절 썸타던 여학생이 했던 말이 떠올랐다.

"자기는 너무 좋은 사람인데, 내게 너무 과분한 사람인 것 같아. 더 좋은 사람 만나길 바라."

이런 가식적인 말이 정말 싫다. 너무 좋은 사람인데 왜 헤어지자고 말하는 것일까? 헤어지는 마당에 알량한 자존심 지키겠다고 끝까지 가식적으로 말하는 꼴이라니. 면접 날 내가 이런 가식적인 말을 하고 있었다.

"전 직장의 대우는 좋았지만, 과거에 공기업이어서 수직적

사내 문화가 저와 맞지 않았습니다. 게다가, 쇠퇴하는 산업에 속해 있어 미래가 불투명했습니다. 귀사처럼 성장하는 역동적인 회사에서 저 자신도 함께 성장하며, 남은 인생을 불태우고 싶습니다."

아, 이런 말을 하는 내가 너무 싫다. 돈에 무릎을 꿇은 기분이다. '백수 생활하다 돈에 대한 불안감이 엄습해 와서 지원했습니다'라고 말하려는 순간, 내 머릿속 이성 세포가 감성 세포를 때려눕혔다. 면접은 잘 진행된 것 같았다. 잘했는지 아닌지를 떠나서 면접관이 시종일관 웃음 짓고 있는 것을 보니 망치진 않은 것 같았다.

물론 기대가 크면 실망도 크므로 기대하지 않았다. 면접관들의 걱정은 '너무 나이가 많아서 입사하게 되면 실무를 해야 하는데 제대로 할 수 있겠냐'는 것이었다. 이런 면접관의 불안감을 불식시키기 위해 '뽑아 주시면 신입 사원처럼 열심히 일하겠습니다'라고 큰 소리로 말했다. 나도 모르게 저절로 이런 말이 나와서 깜짝 놀랐다. 멋지게 회사 관두고 나온 지 얼마 되지 않아서 또 다른 회사에 입사하기 위해 애쓰는 모습이 참으로 애처로웠다. 맘에 드는 여성 앞에서 멋진 포즈 잡고 걸어가다 갑자기 바지 뒤가 찢어진 기분이었다.

며칠 지난 뒤 기업으로부터 연락이 왔다. 나의 경험과 이력이 모두 맘에 드는데 너무 큰 기업에 있었기 때문에 부담이 된다는 것이었다. 미안하다는 말과 함께 스타벅스 기프티콘이 휴대전화로 배달되었다. 그 기프티콘으로 인생 최고로 쓴 아이스 아메리카노를 마셨다. 원래 쓴 커피인데, 그날따라 더 쓰게 느껴졌다.

매슬로우의 욕구 5단계 이론에 따르면, 생리적 욕구와 안전에 대한 욕구가 충족되고 나면 어딘 가에 소속되고 싶은 욕구가 필요하다고 한다. 회사를 관두고 어디에도 소속되지 못하자 불안감이 밀려왔던 것 같다. 몇 년 전에 유행했던 고가의 검은색 패딩 잠바를 혼자만 못 입고 교실에 홀로 앉아 있는 고등학생이 된 기분이었다. 내가 새롭게 속해야 할 곳은 가정이고 나의 새로운 직무는 가정주부인데, 왜 나는 아직도 회사원이 되고 싶어 하는 것인가?

전업주부의 삶이 어때서?

세상에서 직장 생활이 가장 힘든 것으로 생각했다. 하루 10시간 동안 내 몸의 자유를 온전히 회사에 맡겨야 하기 때문이다. 요즘 당당한 90년대생들과 달리 70년대생들은 소심해서 몸이 아파도 상사들 눈치가 보여 휴가도 못 썼다. 하루는 장염에 걸려서 체온이 39도까지 치솟았는데, 해열제 먹으며 일하다가 결국 쓰러져 병원에 실려 갔다. 그렇다고 회사에서 인정받아 승승장구하던 사람도 아니었다. 회사에 들어오니 목숨 걸고 일하는 사람이 한둘이 아니었다. 분식집에서 떡볶이 시키면 당연히 나오는 단무지처럼, 해열제 먹으며 회사에서 일하는 사람들은 발에 치일 정도로 많았다.

새로 입사하는 신입 사원들은 어느 순간부터 영어는 물론이고, 제2 외국어도 자유롭게 구사했다. 중국어, 일본어, 러시아어, 프랑스어 등 제2 외국어를 하나씩 구사할 줄 아는 것이 당연한 일로 되어 있었다. 신입 사원 시절 영어를 잘하지 못하는 직장 상사를 보면 안타까운 마음이 들었는데, 제2 외국어를 못하는 날 보면 후배들도 안타까운 마음이 들지 않을까?

어찌 되었건 대기업 때려치우고 나와서 한다는 것이 중소기업 면접이나 보러 다니는 것이었는데, 어느 날 갑자기 이런 생각이 드는 것이었다.

'아이들과 더 많은 시간을 보내기 위해서 직장을 나왔는데, 지금 내가 뭐 하고 있는 짓이지? 그간 모아 놓은 돈으로 아껴서 살면 될 텐데, 뭐가 걱정인 거지? 회사로 또 돌아갈 거면 뭣 하러 그 좋은 회사를 발로 차고 나왔어?'

남자가 칼을 뽑았으니 호박이라도 잘라야 했다. 그깟 돈 때문에 나의 신념을 다시 무너뜨릴 순 없다는 생각이 들었다. 그날 이후 입사 지원은 더 이상 하지 않았다. 그리고 가정주부의 삶을 열심히 살아 보기로 결심했다. 그렇게 해서 전업주부의 삶이 시작되었다.

전업주부의 삶은 단조롭고 여유롭다. 아침 6시에 일어나서 암막 커튼을 치고 침실 안으로 따뜻한 햇볕을 맞이한다. 간단히 세수하고 아내가 마실 커피를 준비한다. 물을 끓이고 커피 원두를 간 다음 핸드 드립으로 커피를 정성스럽게 내린다. 향긋한 커피 향기가 집안을 진동할 때 즈음 아내가 일어난다. 아내는 아침에 커피 한잔이면 충분하다. 아침부터 밥에 따뜻한 국물을 찾지 않아서 얼마나 다행인지 모른다. 하지만, 복병이 있었다. 우리 집 아이들은 아무거나 먹지 않는다. 매일 메뉴가 바뀌어야 하고, 느끼한 것을 잘 먹지 못한다.

느끼한 것을 잘 못 먹는 아이들을 보며 해외 출장 중에도 한식만을 먹어야 했던 전 직장 상사가 떠올랐다. 그는 한인 마트를 찾기 힘든 중동의 한 나라에서 삼시 세끼 모두 한식을 원했다. 당연히 그 준비는 출장자 중에서 가장 막내인 내가 했다. 당시 내 짐의 90%는 각종 라면과 반찬, 햇반으로 가득했다. 각종 식자재 때문에 캐리어에 여벌 옷을 따로 챙기는 것은 언감생심이었다. 지금 입고 있는 정장과 속옷이 전부였고, 밤마다 셔츠와 속옷을 빨아 말리고 호텔 가운만 걸치고 알몸으로 잤다. 한식만 좋아하는 상사 덕분에 출장 기간 내내 한 가지 옷만 입고 다녔다. 회사를 관두고 한식만 좋아하는 상사를 만날 일은 없다고 생각했는데, 아침부터 한식을 요구하는 두 딸을 대면하자 전생에 내가 무슨 죄를 지었나 잠시 고민했다.

아이들이 식사를 마치고 나면 본격적으로 설거지를 해야 한다. 막내는 아직도 식사 중에 음식을 많이 흘린다. 식사를 하고 나면 식탁 위는 물론이고 바닥과 의자까지 전부 빨간색으로 색칠해 준다. 나이도 어린 녀석이 설렁탕처럼 '탕'자로 끝나는 국물 요리를 좋아한다. 국물 한 숟갈 맛보고 국물 맛이 시원하다며 감탄사를 남발한다. 게다가 최근에는 매운 음식에 중독되어서, 끼니때마다 얼큰한 것을 먹고 싶다고 종알거린다. 대화 내용만 보면, 전날 과음한 아내가 해장국 끓여 달라고 하는 것 같다.

식탁을 닦고 설거지까지 마치고 나면, 8시가 된다. 아침 6시부터 일어나 무리한 탓에 살짝 잠이 온다. 하지만, 이렇게 자 버리면 밤에 잠이 안 오기 때문에 나른함을 누르며 컴퓨터를 켠다. 그리고 글을 쓰기 시작한다. 어째 장소만 회사에서 집으로 바뀌었지, 컴퓨터를 켜고 워드에 글을 쓰는 것은 예전과 비슷한 것 같다. 보고서 글을 쓰다가 이제 살림 살면서 느낀 점들을 글로 쓴다. 아무런 생각 없이 사는 것 보다,

매일 느낀 점을 글로 쓰기 시작한 다음부터 하루하루가 좀 더 충실하게 느껴진다.

회사에서 보고서를 쓰는 것과는 달리 집에서 글을 쓸 때는 내 마음대로 해도 된다. 글 쓰다 허리가 아프면 침대에 누워 있어도 되고 졸리면 자도 된다. 글 감이 떠오를 때까지 멍때리기도 하고, 유튜브를 봐도 된다.

회사에서는 정해진 시간 동안 내 몸이 내 것이 아니다. 몸이 아파도 쉬는 것이 눈치 보였다. 일하다가 허리가 아프면, 누울 곳이 없어 화장실에 들어갔다. 변기 뚜껑을 내리고 그 위에 기대어 10분간 허리 통증을 달랬다. 회사에서 보고서를 쓰면 경제적 풍요를 누릴 수 있었지만, 집에서 글을 쓰면 몸의 자유를 누릴 수 있다. 회사 관두고 집에서 누리는 일상이 참 좋다.

특히, 아이들과 오랜 시간 동안 같이 있다 보니 예전보다 친해질 수 있어 좋다. 예전에는 회사 일이 바빠서 아이들의 자는 모습만 봤다. 여름휴가 때나 되어서야 아빠 노릇을 할 수 있었다. 주말에는 피곤해서 주로 소파에서 잠을 잤다. 침대에서 편히 자도 되는데, 거실에서 놀고 있는 가족들과 함께 어울리고 싶은 마음에 정신은 꿈나라에 있더라도 육체만은 거실 소파에 내어놓았다.

회사 다닐 때보다 가정주부의 생활이 참 좋긴 한데, 가끔은 회사에서 하던 회식이 그리울 때가 있다. 술 마시는 것을 좋아하지 않는 성격임에도 불구하고, 하루 일과를 마치고 동기들과 마시던 시원한 맥주 한잔이 그립다. 안주로 직장 상사 뒷담화는 덤이다.

아, 글을 쓰다 보니 벌써 점심시간이다. 아침 먹은 지 얼마나 되었다고 점심 차려 줄 시간이 되었다. 코로나 덕분에 애들은 집에서 온라인 수업을 한다. 즉, 아이들은 삼식이가 되었다. 덕분에, 나의 미천한 요리 실력은 매일 성장하고 있다. 아빠의 요리 실력 향상을 위해 집에서 세끼를 먹어 주는 아이들이 참으로 고맙다.

부잣집 사위는 내가 부럽다는군

아는 동생 중 하나가 부잣집 장녀와 결혼했다. 180센티미터가 넘는 키에 서글서글한 외모, 해외 유학까지 다녀 와서 여자들에게 인기가 많았는데, 딸만 있는 부잣집에 맏사위로 장가를 갔다. 장가를 가자마자 처가에서 강남에 살라며, 신혼집을 마련해 주었다. 결혼 초기에 집 구할 돈이 모자라 5천만 원 신용 대출을 받았던 나와는 시작부터가 달랐다.

그 동생은 결혼과 동시에 처가에서 경영하는 회사에 입사했다. 3년 만에 과장으로 승진하고 얼마 안 되어 부장으로 승진했다. 최근에는 전무로 승진했다. 불혹의 나이가 돼도 만년 과장을 달고 있던 나는 고속 승진하는 그가 안 부러웠다면

거짓말일 것이다.

아이들 방학 때가 되면 1박에 백만 원이나 하는 5성급 리조트 호텔에 머물며, SNS에 올리는 그의 사진은 세상 그 누구보다 행복해 보였다. 호텔비 아끼려고 에어비앤비 리뷰를 몇 시간 째 정독하고 있는 나와는 클래스가 달랐다.

그렇다고, 에어비앤비에서 머무는 내가 딱히 불행하다고 느꼈던 것은 아니다. 에어비앤비에서 머물며, 그 지역 사람들만의 독특한 주거 문화를 느낄 수 있어 좋았다. 아니, 그렇게 믿었다. 가끔 SNS에서 보이는 그의 휴가 사진은 현재의 내 삶과 끊임없이 비교되었다.

그렇게도 완벽해 보이던 그에게서 오늘 전화가 왔다.

"손주부, 오늘 시간 괜찮으면 점심 할까?"

오래간만에 만난 그는 많이 늙어 있었다. 날씬하고 튼튼했던 근육질 몸은 어느새 배 나온 40대 아저씨 몸으로 변해 있었고, 머리카락은 어느덧 희끗희끗하게 물들어 있었으며, 무엇보다 안색이 너무 안 좋아서 어디라도 아픈 사람 같았다.

"형님, 나 요즘 너무 힘들어. 그냥 다 때려치우고 싶어. 그리고 빨리 회사에서도 나오고 싶다."

열 길 물속은 알아도 한 길 사람 속은 모른다더니, SNS상에서 그렇게도 행복해 보였던 그의 입에서 나오는 말이 믿어지지 않았다.

"그간 처갓집에서 날 너무 무시해 왔는데, 이젠 그게 너무 견디기가 힘드네. 지금까지 두둑한 연봉과 사회적 지위, 물질적 풍요 때문에 조금 힘들어도 참고 회사 다녔는데, 얼마 전에 과로로 쓰러지고 죽음의 문턱에 다가간 이후로는 이렇게 사는 게 정답인가란 생각이 들더라고…… 그리고, 갑자기 형님 생각이 났어, 솔직히 난 형님이 세상에서 제일 부럽다."

'캬, 한 달에 천만 원도 넘게 버는 30대 전무님께서 집에서 글 쓰면서 살림 사는 내가 가장 부럽다는군' 사람 인생이라는 게 멀리서 보면 희극인데 가까이서 보면 비극이라는 채플린 아저씨의 말이 틀린 말이 아니었어!

그 말을 듣고 이런 생각이 들었다.

'사람은 본인이 가지고 있는 좋은 것들을 잘 보지 못하고, 갖지 못한 것만 보는구나!'

난 내가 지금 누리고 있는 자유로움과 건강한 신체를 보지 못하고, 동생이 가지고 있는 부와 명예를 부러워했다. 그 동생 또한 본인이 누리고 있는 경제적 자유와 사회적 지위를 보지 못하고 내가 지금 누리고 있는 자유로움만 부러워했다.

오늘 그 동생을 만나고 나니 행복도 불행도 다 내 마음에 달린 것이란 생각이 들었고, 그 순간 마음이 너무 편해졌다. 그리고 법륜 스님이 하신 말씀이 떠올랐다.

"행복도 내가 만드는 것이네. 불행도 내가 만드는 것이네. 진실로 그 행복과 불행은 다른 사람이 만드는 것이 아니네."

퇴사하고 처음 간 장례식장

얼마 전 직장 동기로부터 연락이 왔다.

"형, 흑흑흑. 어머니가 돌아가셨어."

친한 동기의 어머니가 오랜 투병 생활 끝에 돌아가셨다. 퇴사하고 처음 참석하는 회사 동료의 경조사였다. 평소 같으면 발인 전날 저녁에 가서 상주와 술도 마시고 이야기도 나누었을 텐데, 퇴사하고 나니 회사 사람들로 붐비는 시간에 가고 싶지 않았다. 특히, 싫어하는 직장 상사를 만나기 싫었고 만나면 반갑다는 가면을 쓰고 실실 웃기도 싫었다.

무엇보다 "지금 무슨 일 하면서 지내냐?" 하는 질문에 "글을 쓰고 있습니다"라고 답하기도 싫었다. 글을 쓰고 있다고 말하면 대개 무슨 글을 쓰는지는 묻지 않고 다음 질문으로 넘어가기 때문이다.

“그래서, 한 달에 얼마나 버니?”

지금 글쓰기가 적성에 맞는지, 어떤 글을 쓰고 있는지 물어보는 사람은 없었다.

“아직은 벌이가 없는데, 나중을 기대하면서 쓰고 있습니다”라고 대답하면 상대방은 어색한 미소를 짓고 3초간의 정적이 흐른다.

내가 하고 싶어서 선택한 일이 ‘돈’이라는 하나의 잣대만으로 평가되는 것이 너무 싫다. 나를 진심으로 걱정해 주는 사람이라면, 어디에서 글을 볼 수 있는지 물어보고 읽어본 후 자신의 생각을 피드백 해줄 텐데 말이다. 돈으로 일의 가치를 판단하는 그들은 항상 다음과 같은 말로 대화를 마무리한다.

“애들도 어린데, 글쓰기는 취미로 하고 빨리 다른 직장이라도 찾아봐야지.”

동기의 어머니는 암으로 돌아가셨다. 암이 온몸에 전이되어서 3주 전부터는 항암 치료도 받지 않으시고 호스피스 병동에서 죽음을 기다리다 돌아가셨다. 동기가 말했다.

"엄마의 죽음을 지켜보는 게 이렇게 힘든 일인 줄 몰랐어."

그 말을 듣는 순간 10년 전 어머니 생각이 났다. 어머니도 죽음을 앞두고 이상한 행동을 계속 보이셨다. 멍하니 천장을 쳐다보시거나 이따금 하얀색 거품을 입에서 뿜어내셨다. 그러다 정신이 돌아오면 항상 이렇게 말했다.

"아들아, 숨을 쉬기 너무 힘들어! 의사 선생님께 빨리 산소 호흡기 좀 달라고 전해 줘!"

어머니는 말을 마치자마자 먼 허공을 바라보았다. 시선이 나를 바라보는 것이 아니라 다른 무언가를 바라보았다. 어머니의 임종이 다가온 것 같은 불길한 느낌이 들어서 어머니의 발바닥을 미친 듯이 지압했다. 발바닥을 지압하면 죽어가던 사람이 다시 살아나기도 한다는 이야기를 어디선가 들었기 때문이다. 기적이 일어나기를 기대하며 밤새 어머니의 발바닥을 지압했다.

하지만, 현실은 드라마와 달랐다. 어머니의 심장 박동을 표시하던 모니터 속 그래프는 굴곡이 점점 없어지더니 '삐'소리와 함께 평평해졌다. 이를 보고 깜짝 놀라 비명을 지르며, 의사 선생님을 미친 듯이 찾았다. 맨 처음 발견한 의사 선생님에게 말했다.

"선생님, 저희 어머니가 이상해요. 조금 전부터 심장이 뛰지 않아요!"

의사 선생님은 매일 겪는 일이라는 표정으로 심드렁하게 말했다.

"심폐 소생술 진행할까요? 진행하라고 하시면 진행은 하겠지만 시술 도중에 환자의 갈비뼈가 부러질 수 있으며, 숨이 다시 돌아온다고 하더라도 얼마 못 사십니다."

세상에 어떤 자식이 어머니의 죽음을 선뜻 선택할 수 있을까! 의사 선생님께 심폐 소생술을 요청드렸다. 요청과 동시에 의사 선생님 세분과 간호사 선생님 세분이 어머니에게 달려갔다. 침대 주위에 커튼을 치고 심폐 소생술을 바로 진행했다. 그 순간 시야가 슬로우 모션으로 바뀌었고, 1분 1초가 일 년처럼 길게 느껴졌다. 커튼 너머로 심장 충격기 소리가 들려왔다. 10분 뒤 의사 선생님 중 한 분이 고개를 떨구며 나오셨다. 의사 선생님의 얼굴 표정을 통해 어머니의 죽음을 예감했다.

"죄송합니다. 최선을 다했지만, 방금 임종하셨습니다. 장례식장으로 이동하기 전에 마지막으로 어머님과 잠깐 시간을 보내셔도 됩니다."

어머니는 돌아가신 것이 아니라 편하게 잠들어 계신 것 같았다.

"엄마, 그만 자! 일어나서 우리 맛있는 것 먹으러 가자!"

아무리 흔들어도 어머니는 깨어나지 않았다. 모든 것이 꿈만 같았다. 볼을 꼬집어 보기도 했다. 꿈과는 달리 볼이 너무 아팠고, 뒤늦게 어머니의 죽음이 꿈이 아니라 현실임을 깨달았다. 돌아가신 어머니의 손을 붙잡고 넓은 응급실 안을 꽉 채울 만큼 큰 목소리로 엉엉 울었다. 그때 처참했던 기분이 동기의 그 말 한마디로 다시금 살아났다.

암세포는 혼자만 살아남으려고 계속해서 번식해 나가는 세포다. 다른 세포와 어울려 살 생각은 하지 않고 나만 살려고 개체 수를 늘려 간다. 인간의 몸을 암세포가 정복하게 되는 순간 역설적으로 인간은 죽고 암세포도 같이 죽게 된다.

예전에 다니던 직장에도 암세포 같은 사람이 있었다. 혼자만 인정받으려고 자기가 획득한 업무 지식을 후배들에게 공유하지 않았다. 그 선배 밑에서 일을 배우던 사람들은 명문대 출신의 인재들이었는데, 업무를 제대로 가르쳐 주지도 않으면서, 일 못 한다고 매일 폭언을 일삼았다. 얼마 후 그 선배 밑에 있던 직원들은 폭언에 얼마 버티지 못하고 퇴사했다.

그 선배는 혼자만 살아남기 위해, 업무 지식을 독점하여 상사들에게 인정받았을지는 모르나, 후배들 사이에서 평판은 굉장히 좋지 않았다. 저렇게 자신의 이익만을 위해 사는 사람인데, 승진도 빠르고, 경영진에게 인정받는 광경을 보면서 내 직업 윤리관이 굉장히 혼란스러워졌다.

'나도 인정받기 위해서 저렇게 살아야 하는 것인가?'

그는 회사에서 인정받아 일찍 관리자가 되었다. 그 선배 때문에 힘들어했던 후배 직원들이 그 부서에서 함께 일하게 되었는데, 얼마 안 되어 부서 내 잡음이 여기저기서 들리기 시작했다.

부서원들 간의 단합이 좋지 않으니, 실적 또한 좋을 수 없었다. 그 부서는 실적 하락을 거듭하다가 결국 해체되었고 선배는 실적 하락의 책임을 지고 지방 지점으로 좌천되었다. 혼자만 살려고 그렇게 노력하더니 결국에는 좌천당하는 수모를 당했다.

며칠 전 어떤 분이 필자의 브런치(글쓰기 전용 블로그)를 구독해 주셨는데 그분의 성함이 예전 그 선배와 동일했다. 설마, ×××부장님?

인생을 사는 방법은 많다

순진무구했던 딸아이들이 너무 많이 컸다. 첫째는 이미 스마트폰을 통해 산타의 정체를 알게 된 것 같다. 정체를 알고 있지만, 산타의 존재를 아는 체 했다가 선물을 받지 못할까 봐 모르는 척하는 모습이 너무 귀엽다. 둘째는 아직 산타의 존재를 믿는 눈치다.

첫째 딸아이가 의심의 눈초리로 내게 말했다.

"아빠! 산타 할아버지는 없는 것 같아."

"왜?"

"부잣집 아이들은 게임기같이 비싼 선물을 받고 우리 집 같은 경우는 매년 3만 원 미만의 선물을 주시고, 가난한 집 친구들은 선물을 못 받았거든. 산타 할아버지가 정말 존재한다면 아이들에게 공평하게 선물을 주셔야 하는데 부잣집 아이들에게만 비싼 선물을 주는 것이 좀 이상해!"

'헐'

딸아이의 논리에 할 말을 잃었다. 친구의 딸은 아직 유치원에 다녀서 산타의 존재를 강력히 믿는다. 친구가 택배로 딸아이가 좋아하는 인형을 주문했는데, 아내에게 택배가 도착하면 딸아이 안 보이는 곳에 숨겨 달라고 부탁한다는 게 깜빡했던 모양이다. 친구가 퇴근했는데, 유치원 다니는 딸아이가 그 택배 박스를 뜯고 있었다고 말했다.

"아빠, 이것 좀 봐! 내가 산타 할아버지에게 갖고 싶다고 기도했던 선물이 왜 택배 박스 안에 있지?"

식은땀이 줄줄 흐르던 친구는 급하게 이야기를 만들어 내었다.

"요즘 코로나가 심해져서 산타 할아버지가 직접 방문하시지 않고 택배로 선물을 보내신다고 하셨어!"

"아! 그렇구나! 아무튼 내가 좋아하는 선물을 받게 되어서 너무 신나!"

아침부터 딸아이가 나를 흔들어 깨운다.

"아빠, 빨리 일어나 봐! 산타 할아버지가 우리 집에 선물 놓고 갔어!"

"이것 봐! 내가 갖고 싶었던 인형 옷이야! 산타 할아버지가 내가 갖고 싶은 걸 어떻게 알고 선물로 주셨어!"

아침부터 호들갑 떠는 딸을 보니 나도 모르게 입가에 미소가 지어졌다. 아직 산타 할아버지를 믿는 딸아이가 참 순진해 보였다. 그리고 동시에 왠지 내년부터는 산타를 믿지 않을 것 같다는 생각이 들자 섭섭한 마음도 들었다.

딸아이가 산타를 굳게 믿고 크리스마스에는 선물을 꼭 주실 거란 믿음을 갖고 있듯이, 좋은 대학에 진학하고 좋은 직장에 취직하면 인생이 행복해질 거란 믿음을 어릴 때부터 갖고 있었다. 어릴 때부터 부모님과 선생님의 끊임없는 세뇌 교육을 통해 그러한 믿음이 생긴 것 같다. 어린 시절 엄마가 항상 했던 말이 머릿속을 떠나지 않는다.

"너, 그렇게 자꾸 놀면 삼류 대학교 가게 되고 네 인생도 삼류 인생된다."

삼류 인생을 살고 싶지 않아서 경주마처럼 앞만 보고 달렸다. 미국에서 유학할 때는 언어 핸디캡을 극복하기 위해 하루 종일 도서관에서 공부만 했다. 대학을 졸업하고 운 좋게 좋은 직장에 취직했는데, 행복을 느낄 틈이 없었다. 다들 누구보다 빨리 승진하고 회사에서 인정받고 싶어서 경주마처럼 달렸다. 남들이 모두 달리는데, 혼자 앉아 있을 수 없어서 아무런 생각도 없이 같이 달렸다.

이렇게 힘들게 살아도 '나중에 부장이 되고 실장이 되면 행복해지지 않을까?'라고 생각했는데 부장, 실장, 본부장도 행복해 보이지 않았다. 부장은 실장에게 깨지고 실장은 본부장에게 깨졌다. 본부장은 사장에게 깨지고, 사장은 사외이사와 주주들에게 깨졌다. 실적이 떨어지면 땀을 흘리며 실적 하락의 이유를 설명하기에 바빴고, 어떻게 실적 개선을 할 것인지 윗사람에게 설명해야만 했다.

'이렇게 다람쥐 쳇바퀴처럼 사는 인생은 정년퇴직할 때나 끝나려나?'

다람쥐 쳇바퀴에서 나와 혼자 따뜻한 햇살을 받으며 천천히 사니 또 다른 세상이 펼쳐졌다. 우선 예전에는 경쟁 상대로 생각되었던 동기들이 친한 친구들로 다가왔다. 회사를 나오고 나니 회사 있을 때보다 인기는 더 많아진 것 같다.

인생을 사는 방법은 손으로 셀 수 없이 많은데, 한국에 사는 많은 사람들은 정해진 길로만 살고 있는 것 같다. 하긴 나 역시 정해진 삶을 사는 게 더 익숙하고 편했다. 대충 서른이 되어서 직장을 구하고 돈 좀 모아 결혼했다. 남들처럼 자식도 낳고 대출받아 20평대 아파트도 매입했다. 남들이 정해준 삶을 사니, 선택에 대한 책임을 지지 않아도 되었지만, 내 인생을 살고 있다는 생각이 들지 않았다.

퇴사하고 나서 어떤 일을 할 때면 항상 스스로한테 묻는다. 지금 이 일은 내가 하고 싶어서 하는 것인지, 아니면 남의 시선 때문에 하는 것인지.

인생은 방향이다

주부가 되고 나서 돈이 아까워서 한 일들이 많다. 예컨대, 쇼핑몰에서 옷을 살 때 50% 이상 세일 하지 않으면 옷을 사지 않게 되었다. 제 돈 주고 옷을 사면 왠지 손해 보는 기분이었기 때문이다. 그래서 큰 폭으로 세일 할 때까지 기다렸다가 세일 첫날 달려가서 남아 있던 옷들을 사들였다. 세일 첫날은 흡사 전쟁터와 같다. 힘 좋은 아주머니들 틈 사이에서 살아남기 위해서는 미리 세일 전날에 살 옷과 치수를 알아 놓아야 한다. 세일 날 조금이라도 고민하면, 품절이라는 현실을 마주해야 한다.

쇼핑을 사전에 준비하지 않고 싸다고 산 옷들은 대부분 너무 커서 내 몸에 맞지 않거나, 시즌이 지나서 스타일이 구린 제품들이 많았다. 그러다 보니 옷이 내게 어울리지 않는 경우가 많이 생겼다. 옷이 어울리지 않았음에도 불구하고 '돈이 아까워서' 그냥 입었다.

코로나 시대에 하루 종일 집에만 있는 삼식이 아이들을 위해 밥 차리다 보면 지칠 때가 있다. 그럴 땐 배달 앱을 실행시키고 새로운 식당의 음식을 주문해본다. 30분 뒤에 음식은 도착하고 신나서 한 입 베어 물었는데, 이런 젠장! 비싼 돈 주고 시켰는데, 맛이 없다. 주문한 음식이 맛이 없는데도 불구하고 '돈이 아까워서' 그냥 먹었다. 내 입이 음식물 쓰레기통이 된 듯한 기분이 들었다.

얼마 전 아이들과 아내를 데리고 놀이공원에 갔다. 자유이용권을 끊어서 신나게 놀았다. 2시간 정도 놀고 나니 다리도 너무 아프고 피곤해서 집에 가고 싶었다. 하지만, '돈이 아까워서' 피곤해도 폐장할 때까지 참고 놀았다. 졸린 눈으로 야간 퍼레이드도 보고 찬물로 세수하며 잠을 깨우며 끝까지 놀았다. 다음날 너무 무리한 탓에 감기에 걸렸고, 일주일 내내 골골거리며 누워만 있었다.

얼마 전에는 돈 아낀다고 회사 다닐 때 다니던 미용실이 아닌 저렴한 남성 미용실에서 커트했는데, 머리가 너무 맘에 안 든다. 미용실에 가서 다시 머리를 해야 하는데, '돈이 아까워서' 머리가 자랄 때까지 그냥 기다렸다.

인생을 살다 보니 매몰 비용의 오류에 종종 빠졌다. 매몰 비용Sunk Cost은 이미 지출된 비용과 시간을 말한다. 이미 '지출된 비용이 아까워' 잘못된 의사 결정을 해 온 자신을 발견했다. 사람 마음이라는 것이 오랫동안 시간과 공을 들인 일은 포기하기 어렵게 만든다.

괴테가 이렇게 말했다.

"Life is not speed but direction(인생은 속도가 아니라 방향이다)."

인생을 살다 보면, 방향이 잘못되었음을 느낄 때가 온다. 방향이 잘못된 것을 알지만, 지금까지 내가 쏟아온 노력 때문에 중간에 멈추지 못한다. 회사에 사표를 낼 때 이런 느낌이 들었다. 지난 14년간 회사에서 보낸 나의 젊은 날들이 주마등처럼 지나가면서, 방향이 잘못되었음을 앎에도 사표를 제출하기 쉽지 않았다. 회사에서 인정받고 승진하기 위해서 그간 밤을 지새우며 회사에서 보냈던 시간이 다 물거품처럼 사라지는 느낌이었다. 게다가 사표를 내고 세상 밖으로 나왔을 때 닥쳐올 고난들이 너무 두려웠다. 드라마 미생에서 오 차장이 퇴사한 김 선배로 들었던 말이 두려움을 더 크게 만들었다.

"회사가 전쟁터라고? 밀어낼 때까지 그만두지 말아라. 밖은 지옥이다."

사표를 내고 나왔는데, 걱정했던 것과는 달리 아무 일도 생기지 않았다. 매달 들어오던 월급이 사라졌지만, 많은 시간과 자유가 생겼다. 돈이 떨어질 때 즈음엔 신기하게 보유하고 있던 주식의 주가가 갑자기 오르거나, 글을 써달라는 의뢰가 들어왔다.

아이들과 집에서 함께 보내는 시간이 많아지니, 아이들과 친구처럼 친해질 수 있었던 것은 덤이다. 한국의 많은 아버지들은 열심히 직장 생활을 하다가 정년 퇴직을 하고 가족들과 함께 할 시간이 많아지면 어색해한다. 그간 같이 보낸 시간이 적다 보니 별로 할 말도 없고 어색해서 각자 자기 방으로 들어가서 휴대폰 쳐다보기에 바쁘다.

회사를 관두고 글을 쓰기 시작한 것이 내 인생에서 옳은 방향인지는 아직 모르겠지만, 분명 확실한 것은 회사 다닐 때처럼 아침에 일어나는 것이 괴롭지 않다. 괴롭지 않은 것만 해도 성공한 인생이 아닌가?

2장

파란만장 주부 생활

아저씨가 살림 잘 사는 법

집에서 설거지하고 청소하다가 갑자기 예전에 법륜 스님이 하신 '주인과 머슴'이라는 이야기가 생각났다. 법륜 스님이 어린 시절에 머슴으로 일한 적이 있었는데, 하루는 주인이 재래식 화장실에 가득 찬 인분(사람의 똥)을 치우라고 시켰다. 법륜 스님은 또 다른 머슴과 함께 인분을 퍼서 옮겼다. 법륜 스님은 두 양동이에 인분을 꽉꽉 채워서 옮기고 있었던 것에 반해 다른 머슴은 양동이의 반만 채워 놓고 엉덩이를 살랑거리며 왔다 갔다 했다. 이에 법륜 스님은 열심히 일하지 않는 머슴을 향해 한마디 했다.

"주인이 일을 시켰으면 자기 일처럼 온 힘을 다 쏟아야지

어찌하여 너는 양동이의 반만 채워 놓고 설렁설렁 일하느냐?"

그러자 머슴이 말했다.

"아이고, 이렇게 미련한 사람을 봤나. 주인은 우리가 그늘에서 쉬는 꼴을 절대 못 본다는 사실을 모르는가? 이렇게 반만 채워서 쉬지 않고 설렁설렁 일하는 것이 너처럼 30분 일하고 10분 쉬는 것보다 나을걸? 게다가 머슴살이하는 사람에게 가장 중요한 건 자기 몸인데, 너처럼 일하다가는 몸이 망가져 오랫동안 일할 수가 없다네."

생각해보니 신입 사원 때 나는 법륜 스님처럼 일했다. 양동이에 업무를 꽉꽉 채워서 열심히 일했다. 그렇게 일하다 보면 오후 6시가 되었을 때 극도로 피곤해졌고 남들처럼 야근할 엄두가 나지 않았다. 반면 대부분 직원은 다른 머슴처럼 일했다. 양동이에 업무를 반만 채워서 쉬지 않고 쉬엄쉬엄 밤늦게까지 일했다. 근무 시간 중에는 화면 전환 단축키 alt+Tab로 인터넷 쇼핑을 즐겼고, 회사 컴퓨터로 주식 매매를 하는 선배도 있었다. 15년 전에는 회사 컴퓨터에 외부 프로그램이 모두 깔렸고 심지어 근무 중에 게임을 하는 선배도 있었다. 그렇게 설렁설렁 낮에 일하고 저녁 식사 시간이 되면 법인 카드로 밥을 사 먹었다. 식사 후에는 회사로 돌아와 밤 11시까지 업무를 했다. 웃긴 사실은 이렇게 쉬엄쉬엄 일하면서 밤늦게까지 야근하던 사람들이 상사로부터 인정받는 경우가 많았다는 사실이다.

눈치 없었던 나는 해 떠 있을 때 열심히 일하고 정시에 퇴근했다. 이런 생활이 약 한 달 정도 지속되자, 주변에서 이상한 소문이 돌기 시작했다.

"새로 온 신입 완전 개념 없는 거 알아? 미국에서 공부하고 와서 그런지 개인주의자에 완전 이기적인 거 있지! 어떻게 6시 반에 퇴근할 수 있지?"

그 소문을 듣는 순간 뭔가 잘못되어 가고 있음을 직감했다. 그날부터 우리나라의 전통문화인 주유야근(晝遊夜勤, 낮에 놀고 밤에 일하는)에 동참했다. 주유야근 덕분에 한때 OECD 국가 중에서 멕시코 다음으로 근무 시간이 가장 길고 노동 생산성은 가장 낮은 국가가 되었다는 이야기가 있다.

살림을 살게 되면서 나의 고용주는 회사에서 아내로 바뀌었다.

살림 초반에는 군기가 바짝 들어서 정말 열심히 살림 살았다. 새벽 6시에 일어나 아침을 차렸고, 마트에서 직접 장 봐와서 재료를 손질하고 요리했다. 식사 후에는 바로 설거지를 했고 식탁을 닦았다. 떨어진 음식물들이 있을 때는 청소기도 돌렸다. 밤새 마른빨래를 개고 바닥을 걸레로 닦았다. 이렇게 새벽부터 열심히 살림을 살면 부작용이 있는데, 오후 4시 정도에 엄청난 피로와 함께 잠이 쏟아진다. 하루는 너무 피곤해서 오후 4시부터 낮잠을 자다가 깼다. 시계를 보니 아내가 집에 도착할 때까지 10분밖에 남지 않았음을 알게 되었다.

'헉, 큰일 났다!!!'

급하게 어질러진 집을 잽싸게 치우던 중에 현관문 비밀번호를 누르는 소리가 들렸다.

"삑삑 삑삑 삑삑, 띠리링."

낮잠 잔 티를 내지 않기 위해 뜬 머리를 수돗물로 급히 진정시키고 입 주변 침을 대충 닦은 후 현관으로 달려갔다.

"자기야! 오늘도 고생 많았어!"

(잠깐 침묵이 흐른다.)

아내는 아무 말 없이 집안을 한번 쫙 둘러보더니 '집안 꼴이 이게 뭐냐'란 눈빛을 보낸다. (물론 자의적 해석이다.)

그 일을 겪고 난 후, 살림살이도 법륜 스님 일화의 약삭빠른 머슴처럼 살아야겠다고 결심했다. 그리고 아직 그 방침을 고수하며 설렁설렁 살림을 살고 있다. 아내가 출근한 후에는 우아하게 핸드 드립으로 커피를 내려 마신다. 잠이 좀 깨면, 아이들 온라인 수업을 옆에서 도와준다. 아이들 등교 날에는 학교까지 아이들을 데려다주고 집에 돌아와 침대에서 뒹굴뒹굴하며 책을 읽는다. 졸리면 침대에 누워서 자고 배고프면 일어난다. 점심은 아침에 아이들이 먹다 남은 음식으로 대충 때운다.

이렇게 여유롭고 우아하게(폐인처럼) 지내다가, 아내 퇴근 2시간 전부터는 주부 9단 모드로 전환한다. 빛의 속도로 아침, 점심 먹은 그릇들을 설거지하고 식탁을 치운 후 청소기를 돌린다. 어젯밤에 한 빨래를 개고 서랍장에 넣는다. 신발을 정리하고 숨이 가빠질 즈음 배달 요청한 밀키트가 집에 도착한다. 앞치마를 두르고 맛있는 요리를 만들면 주방 환풍구를 통해 맛있는 냄새가 복도 전체에 퍼진다. 음식이 다 되어갈 때 즈음이면 아내가 현관문 비밀번호를 누른다.

"자기야, 나 왔어! 밖에서 정말 맛있는 냄새가 나던데 오늘 지녁 뭐야?"

나는 '씨익' 웃음을 지으면서 이렇게 속으로 말한다.

'오늘도 고용주 속이기 성공!'

빨래 개기가 싫어요!

주부가 되고 나서 특히 빨래 개기를 좋아하지 않는다는 사실을 알았다. 치수가 올망졸망한 아이들의 속옷 개기는 정말 힘들다. 빨래 양이 적어 보이지만, 조그만 아이들 옷을 개다 보면 한 시간은 훌쩍 지나간다. 허리 통증으로 오래 앉아 있지 못하기 때문에 빨래 개기가 여간 괴로운 것이 아니다. 빨래 개기 시작 후 한 시간 뒤에는 항상 방바닥에 누워 있는 날 발견한다. 오늘따라 빨래를 아무리 개어도 줄어들지 않는 것 같은 기분이 든다. 갑자기 빵 다섯 개와 물고기 두 마리로 오천 명을 먹이신 예수님이 떠오른다. 사람들이 아무리 먹어도 빵과 물고기가 줄어들지 않았다는 오병이어의 기적 말이다.

그렇다고 해서 요리와 설거지를 좋아하는 것도 아니다. 특히 요리에는 할 말이 많다. 유튜브를 보고 음식을 따라 만들어 보아도, 내가 만든 음식은 늘 맛이 없었다. 맛집에서 먹던 그 맛이 안 났다. 혓바닥은 이미 맛집 음식으로 수준이 높아져 있는데, 저질 요리 실력으로 따라잡으려니 너무 힘들었다.

패션의 완성이 얼굴인 것처럼 맛있는 음식의 완성은 MSG인 것 같다. 로또 한 방에 인생이 바뀌듯, 힘들게 요리했음에도 불구하고 맛없던 음식이 MSG 조금에 맛있어진다. MSG가 음식의 맛은 살렸을지 모르지만, 아이들에게 나쁜 걸 먹였다는 죄책감에 잠시 우울해진다.

써 놓고 보니 좋아하는 살림은 없어 보이는 것 같은데 그렇지 않다. 제일 좋아하는 살림살이는 온라인에서 장보기와 도착한 택배 뜯기다. 특히, 새벽 배송으로 유명한 '마켓컬리'에서 장 보는 것을 좋아한다. 이곳의 식재료들은 다른 곳보다 싱싱하고 맛있어 보인다. 마켓컬리의 보라색 로고를 보고 있으면, 왠지 잘 나가는 청담동 사모님이 된 기분이 든다. 이런 게 바로 브랜드의 힘인가 보다.

택배 뜯기는 좋아하는데, 택배 받고 나면 잔뜩 쌓이는 재활용 쓰레기는 스트레스다. 택배 박스의 테이프와 이름과 주소가 나온 스티커를 뜯다 보면 소중한 손톱이 상하기도 한다. 그나마 남자여서 다행이지, 네일 숍 다녀온 지 얼마 되지 않아서 네일이 망가지면 마음이 아플 것 같다.

아내가 살림 살고 내가 돈 벌어 오던 시절, 아내가 빨래 말리기 힘들다면서, 건조기를 사달라고 졸랐다. 가격을 보고 조금 놀라긴 했지만, 12개월 할부로 큰맘 먹고 사 주었다. 그때 아내에게 돈이 썩어 나냐며 건조기를 사주지 않았더라면 지금 개고생할 뻔했다. 상상만으로도 등에 식은땀이 흐른다. 역시 사람은 곱게 마음을 쓰면 자신에게 좋은 일로 돌아온다.

법륜 스님의 어록 중에 이런 말이 있다.

"자식이 잘 자라길 바라면, 아내에게 잘해 주어야 한다. 아이의 엄마인 아내가 행복해야, 아이들도 행복한 아이로 자란다. 아내의 정서가 불안하면, 아이도 불안한 정서를 갖게 된다."

그래서 아내에게 말한다.

"자식이 잘 자라길 바라면, 남편에게 잘해 주어야 한다. 아이의 아빠인 남편이 행복해야 우리 집 아이들이 행복하게 잘 자란다."

집에는 L사(렛잇고 엘사 아님)의 건조기가 있는데, 정말 너무너무 편하다. 아직도 집에 건조기가 없는 동네 아주머니들을 만나면 무조건 사라고 설득한다. 건조대에 빨래 너는 시간을 아끼면, 하루에 30분을 아낄 수 있고, 1년이면 183시간이나 된다. 건조기 사라는 말에 아주머니들의 반응은 대개 이렇다.

"남편이 너무 비싸다고 사지 말래요."

이 말을 들을 때마다 가슴 깊은 곳에서 화가 치밀어 온다. 화를 억누르며, 남편분이 빨래 개는 거 도와주냐고 물어본다. 그러면 대부분 아니라고 말씀하신다. 그럼 그냥 남편 허락받지 말고 지르시라고 말한다. 광고 슬로건 중에 이런 말이 있다.

'허락보다 용서가 쉽다.'

이 광고 슬로건 덕분에 우리나라의 남자들이 아내의 허락도 없이 게임기를 구매했고, 그해 플레이스테이션의 판매량이 증가했다는 것은 모두가 아는 사실이다.

설거지에 담긴 아픈 추억

회사 다니고 아내가 살림 살던 시절, 유일하게 도와주던 집안일이 설거지였다. 가끔 애들을 목욕시켜 주긴 했지만, 대부분 집안일은 아내가 도맡아 했다. 지금 생각해보면 정말 나쁜 남편이었는데, 그땐 도와줄 생각조차 하지 못했다.

살림을 살게 되면서 예전에 내가 설거지를 얼마나 못했는지 깨달았다. 남자가 생각하는 설거지와 여자가 생각하는 설거지는 매우 큰 차이가 있었다. 남자가 생각하는 설거지란 물에 잘 불린 그릇을 퐁퐁 묻힌 수세미로 잘 닦아준 후 깨끗한 물로 세척 해내는 것이 끝이다.

하지만, 여자가 생각하는 설거지는 그릇을 잘 닦고 난 다음부터 시작된다. 싱크대 주변에 튄 물을 닦고 음식물 쓰레기를 치운다. 더러워진 행주를 잘 빨아서 너는 것까지가 설거지이다. 시간이 허락하면, 밖에 나가서 음식물 쓰레기까지 비운다.

회사 다니던 시절 내가 하던 설거지는 그릇에 묻은 음식물만 대충 닦아 자동 식기 세척기에 던져 놓는 설거지였다. 그러고 나서는 회사에서 늦게까지 일하고 집에 돌아와 설거지를 도와준 자신을 참으로 기특하게 생각했다. 돌이켜 생각해보니 생각 자체가 글러 먹었다. 집안일은 도와주는 게 아니라 함께 하는 것인데, 도와준다는 단어를 쓴 것을 보니 집안일은 내 일이 아니라고 생각하고 있던 것이다.

이제는 아내와 역할이 바뀌었다. 아내는 돈 벌러 나가고 내가 집안일을 한다. 아내는 옛날에 당했던 생각을 떠올리며, 대충하는 설거지로 복수할 법도 한데, 직장에 다녀온 후에도 집안일을 참 많이 도와준다. 건조기 안에 빨래가 있으면 시키지 않아도 개어 준다. 싱크대에 더러워진 그릇들이 있으면 고무장갑을 낀다. 퇴근 후에도 쉬지 않고 집안일을 도와주는 아내가 고맙고 또 미안하다.

매일 오후 5시 정도가 되면 저녁 식사로 무엇을 할지 고민하게 된다. 예전에 읽은 신문에 따르면, 오후 5시부터 주부들의 행복도가 떨어진다는 연구 결과가 있었는데, 이젠 정말 공감된다. 꼴 보기 싫은 남편을 보게 되어서 행복도가 떨어질 수도 있지만, 대개는 저녁 준비로 인해 몸과 마음이 바빠지기 때문이다. 우리 집에는 편식하는 세 명의 여자가 있다. 세 명의 입맛이 모두 같으면 상관이 없는데, 제각각 모두 다르다. 덕분에 끼니마다 2종류 이상의 요리를 해야 한다.

맘 같아서는 '한 가지 요리만 할 테니 불평 말고 주는 대로 먹어!'라고 외치고 싶지만, 그간 아내에게 받은 것이 있어서 그렇게 하지 못한다. 아내는 살림 살던 시절, 매일 아이들이 좋아하는 음식과 내가 좋아하는 음식을 모두 따로 준비했다. 당시에는 당연하게 생각했던 일들이 지금은 아내의 정성이었음을 깨닫는다.

나는 초등학생 입맛이라서 애들 먹는 거 먹어도 되는데, 아내는 남편의 건강을 위해 항상 나물과 샐러드를 준비했다. 아내는 아무거나 먹어도 되니 식사 준비에 부담 갖지 말라고 말하지만, 부담 갖지 말라고 하는 게 더 부담된다. 아내와 결혼하지 않고 혼자 살았다면, 매일 치킨, 피자, 짜장면을 돌아가며 먹다가 돼지가 되어 있었을 것 같다.

한 시간 정도 서서 열심히 요리하고 나면 저녁 식사할 때 즈음엔 아무것도 하기 싫어진다. 특히 더운 날에 불 앞에 오래 서 있으면 있던 식욕도 날아가고 요리가 끝날 즈음이 되면 더위 먹은 사람처럼 멍하니 앉아 있게 된다. 돈 아낀다고 주방과 거실에 에어컨 설치를 안 했더니, 요리하고 나면 실내가 매우 더워진다.

저녁 식사는 한 시간 정도 이어진다. 저녁을 먹고 디저트를 먹은 후 입가심으로 차를 마신다. 이렇게 먹고 나면 설거짓거리는 산더미처럼 쌓이게 된다. 설거짓거리를 줄이기 위해 밥 먹은 그릇에 디저트를 먹으면 좋으련만 딸아이들은 지저분한 접시가 싫다며, 디저트 그릇과 포크를 따로 꺼낸다.

신혼 초에 부모님 집에서 아버지, 어머니, 장가 안 간 동생이랑 다 같이 살았다. 한 끼 식사를 마치고 나면 설거지는 어마무시하게 많이 나왔다. 식사 후에 아내가 설거지하는 것을 도와주었는데, 어머니가 눈치를 주었다. 그렇다고 설거지를 안 돕자니 아내가 너무 불쌍했다. 조선 시대 광해군처럼 아내와 엄마 사이에서 중립 외교를 펼치다가, 결국 모두에게 원성을 들었다.

"자기야, 어떻게 나한테 그럴 수가 있어?" (아내)

"아들 키워 봤자 다 소용없어. 아들! 너무 실망했어!" (엄마)

양쪽 여자로부터 욕먹는 게 지쳐 갈 때 즈음 아내가 이혼하자고 이야기했다. 같이 사는 게 행복하지 않았던 모양이다. 배 속에 아기까지 있었는데, 이혼 이야기를 꺼낸 것을 보니 아내는 참다 참다 터졌던 모양이다. 불안한 중립 외교를 더 지속할 수 없었다. 결국, 부모님께 분가를 선언하고 마이너스 통장을 최대한 활용하여 서울 끝자락에 있는 원룸을 구했다.

설거지에 대한 추억이 이렇게 안 좋다 보니 설거짓거리만 보면 반사적으로 거부 반응을 보이나 보다.

하기 싫은 일을 하고 싶은 일로 만드는 방법은 좋아하는 일을 하기 싫은 일 중간에 집어넣는 것이다.

얼마 전부터 설거지를 좀 더 기쁜 마음으로 하기 위해 눈높이에 휴대폰 거치대를 설치했다. 유튜브에서 내가 좋아하는 동영상을 시청하면서 설거지하다 보면 지루한 설거지 시간이 금방 지나간다.

절약의 신

퇴사 후 주부가 되고 나서, 생활비를 아끼기 위해 무슨 일을 할 수 있을지 고민했다. 일단 냉장고 파먹기부터 시작하기로 결심했다. 언제 넣었는지 알 수 없는 정체불명의 식재료들을 냉동실에서 꺼내어 상태가 괜찮아 보이는 것들을 냉장실로 옮겼다. 재료들이 잘 해동되면 요리를 통해 되살렸다. 아무리 노력해도 맛이 살아나지 않는 음식은 라면 스프라는 극단적 방법으로 살려 놓았고, 딸아이들은 라면 스프의 맛에 속아 아빠가 요리를 잘한다는 극찬을 했다.

얼마 전에는 돈 아낀다고 화장실 세면대 배수관 교체 공사도 직접 했다. 보수 센터 아저씨에게 맡겨도 되는데 아저씨가 한 번 오셨다 가시면 적어도 10만 원은 드니 선뜻 의뢰할 수 없었다. 새 배수관 부품은 만 원밖에 안 하는데, 인건비 9만 원을 지출하기엔 너무 아깝다는 생각이 들었다. 옛날 같으면 내 몸 편한 것이 제일 중요하니까, 아무 고민 없이 보수센터 아저씨를 불렀을 텐데, 아내가 힘들게 벌어 온 9만 원은 쉬이 쓸 수 없었다. 9만 원이면 아이들이 좋아하는 짜장면을 18그릇 살 수 있다. 배수관 새것을 인터넷으로 구매했고, 배송되는 동안 유튜브를 통해 배수관 교체 공사 과정을 학습했다.

며칠 뒤 새로운 배수관이 도착했다. 택배 상자를 뜯고 새 배수관을 꺼낸 후, 장비를 챙겨 화장실로 향했다. 몽키스패너를 들고, 의욕 충만한 마음으로 수리를 시작했다. 그런데 이게 웬걸 유튜브 영상 속 아저씨는 정말 쉽게 5분 만에 뚝딱 고쳤는데, 직접 하니깐 시간이 꽤 오래 걸렸다. 무엇보다 배수관에서 새어 나오는 악취가 견디기 힘들었다. 악취와 사투를 벌이면서, 오래된 관에서 빠져나온 오물들을 손으로 치워야 했다. 한 시간 동안 오래된 배수관과 사투를 벌인 끝에 대규모의 공사(?)는 끝났고 아내에게 달려가 자랑했다.

"자기야! 배수관 교체 10만 원 드는데 내가 직접 해서 1만

원에 수리했어!"

백 점 맞은 시험지를 들고 엄마에게 칭찬받고 싶은 소년의 마음으로 아내에게 자랑스러운 얼굴로 말했는데, 아내는 이런 모습의 내가 안쓰러운 표정이다. 예전에 돈을 펑펑 쓰던 남자가 요즘 너무 아끼는 것 같아 속상했던 모양이다.

배수관 교체한 지 얼마나 되었다고, 이번에는 차가 말썽을 부렸다. 차량 배터리가 방전되었는지 시동이 걸리지 않았다. 생각해보니 차도 벌써 15살이나 되었다. 사람으로 따지면 할아버지급이다. 배터리를 사서 직접 교체하면 6만 원이면 되는데, 기사님이 방문해서 교체를 진행하면 14만 원이나 했다. 인건비 8만 원이 아까워 지난번처럼 유튜브를 틀어 놓고 교체 방법을 학습하고 있었는데, 배터리 교체는 감전될까 두려워 차마 용기가 나질 않았다. 영상을 보니 공구만 있으면 금방 할 수 있는 작업인데, 배터리 교체 시 주의 사항을 듣고 새 가슴이 되었다. 엎친 데 덮친 격으로 배터리 안에는 황산이 들어 있다는 소리를 듣고 나니, 그나마 있던 새 가슴마저 쪼그라들었다. 황산이 얼굴에 튀기면 가뜩이나 못생긴 얼굴이 더 못 생겨질까봐 두려웠다. 그래서 큰맘 먹고 출동 서비스 아저씨에게 조난 신호를 보냈다. 10분 뒤에 나타난 아저씨는 3분 만에 배터리를 빛의 속도로 교체하고 유유히 사라지셨다.

'아, 그냥 내가 할걸! 왜 이렇게 쉬워 보이지?'

퇴사 이후 적은 돈으로도 살아갈 수 있도록 생존 능력이 점점 업그레이드되고 있다. 이제 아내의 도움 없이 혼자서 빨래, 요리, 청소, 육아를 할 수 있다. 아이폰 배터리도 교체할 수 있고 화장실 배수관 교체도 할 수 있다. 훗날 자동차 배터리가 방전되면 이젠 혼자 교체할 수도 있을 것 같다. 이 추세로 가다 보면 뭐든 할 수 있을 것 같은 근자감(근거 없는 자신감)이 든다.

결핍은 인간을 더 강하게 만들어 준다는 사실을 요즘 새삼 다시 느끼고 있다.

요리보다 보고서 쓰기가 쉬웠어요

무슨 일을 시작하든지 간에 한 번 관심이 생기면 초반에 엄청나게 열중하는 편이다. 다양한 살림살이 중에 요리 또한 같은 수순을 밟았다. 유튜브 보고 만든 요리를 아이들이 맛있게 먹는 모습을 보자 말로 표현할 수 없는 희열이 밀려왔고, 그날부터 요리에 대한 열정이 불타올랐다. 그날 나는 직접 한식, 중식, 일식을 만들어 보겠다는 큰 결심을 했다. 이런 열정을 가지고 동네 근처에 있는 요리학원에 등록했다. 한식 조리사 자격증 취득 반이었다. 그냥 취미반도 있었는데, 굳이 자격증반을 선택한 이유는 나중에 할 일이 없을 때 식당이라도 차려보려는 생각이었다.

한 반에 15명 정도의 수강생이 있고, 선생님의 시범을 보면서 매일 두 가지를 요리하는 반이었다. 15명의 수강생 가운데 여자가 14명이었고, 남자는 한 명뿐이었다(그게 바로 접니다). 평일 낮에 40대로 보이는 남자가 한식 조리사 자격증 취득 반에 있는 것이 다른 여성들 눈에는 신기해 보였나 보다. '백수 아저씨인 것 같다' 혹은 '실직자인 것 같다' 등 내 귀에 들릴 만큼 큰 목소리로 떠들어 주셨다. 뒤에 계셨던 넉살 좋아 보이는 50대 아주머니가 궁금증을 해소하기 위해 총대를 메고 내게 다가와 물었다.

"남자가 무슨 일로 요리 수업을 듣는 교? 식당이라도 차릴라 합니까?"

한국에서 남자가 그것도 평일 시간에 회사에 가지 않고 요리학원에 다니는 게 많이 이상했던 모양이다. 내 사생활에 대해 주저리주저리 말하기 귀찮아서 "네" 하고 그냥 고개를 끄덕였다. 그날부터 졸지에 식당 창업을 앞둔 동네 아저씨가 되었다.

수강생들의 요리 경력은 화려했다. 절반 정도는 요리사로 이미 일하고 계셨다. 이탈리아 요리사, 중식 요리사, 일식 요리사 등이 있었고, 한식을 배워서 퓨전 요리를 만들어 보고 싶은 것 같았다. 나머지 절반은 살림 20년 차 이상의 프로 주부들이었다. 아이들이 자라서 대학생이 되고 나니 시간적 여유가 생겨 취미로 요리학원에 다니시는 분들이었다.

요리학원이어서 나 같은 초심자가 올 줄 알았는데, 다들 한가락 하는 고수들 뿐이었다. 일단 각자 들고 온 칼에서부터 내공이 느껴졌다. 중국요리의 달인인 이연복 셰프처럼 사람 얼굴 크기만 한 칼을 가져온 사람도 있었고, 일식당에서 일하고 계시는지 한문으로 본인 이름이 크게 박힌 사시미 칼을 가져오신 분도 있었다. 내가 들고 온 칼은 한식 조리사 학원에서 판매하고 있던 중국산 만 원짜리 칼이었다. 칼날 반대편에 센티미터 자가 그려져 있어서 조리사 시험에서 유용하게 쓸 수 있는 칼이었다. 일단 칼에서부터 주눅이 들었다. 눈금자도 아니고 눈금 칼이 쪽팔려서, 남들 몰래 손톱으로 눈금을 지우려고 노력했다.

'아, 눈금이 잘 안 지워진다. 중국산 페인트가 이럴 땐 강력하네!'

30대 초반으로 보이는 여자 선생님이 하얀색 셰프 복을 입고 실습실에 들어오셨다. 수업은 선생님의 시범과 함께 일사천리로 진행되었다. 모든 요리의 기본은 마늘 다지기부터 시작되는데 수강생들의 칼 놀림이 예사롭지 않았다.

"탁탁탁탁탁탁탁……."

능숙하게 칼을 다루는 소리가 여기저기서 들렸다.

그에 반해 나는 "탁…… 탁…… 탁."

마늘 다지기에서부터 시간을 엄청나게 오래 썼다. 선생님은 내 칼질이 답답해 보이셨던지 학습 부진아를 돕기 위해 줄곧 내 주변에 서 계셨다.

한식 조리사 자격증을 취득하면, 요리의 달인이 될 수 있을 것으로 생각했다. 내가 하는 음식이 너무 맛있어서 식당을 차려도 될 수준이 될 것으로 생각했다. 그런데, 이게 웬걸 한식 조리사 자격증 과정은 맛있는 음식을 만드는 방법을 알려주는 과정이 아니었다. 맛은 주관적 영역이기에 맛보다는 음식을 주어진 시간 내에 빨리 만들어 예쁘게 담아내는 것이 더 중요한 과정이었다. '30분 안에 된장찌개와 계란말이를 만들어서 접시에 예쁘게 플레이팅 하기' 뭐 이런 식이었다. 계란말이를 만들 때 소금이나 설탕을 어느 정도 넣어야 하는지를 알고 싶어서 선생님께 여쭤보았더니 그건 개인 취향에 따라 알아서 하라고 하셨다.

매번 간 조절 실패로 직접 만든 음식이 맛있지는 않았지만, 밀키트를 쓰지 않고 처음부터 끝까지 혼자 만들었다는 사실이 너무 뿌듯했다. 90분 동안 불 앞에서 땀 흘려 만든 음식이 먹기 너무 아까워 사진을 연신 찍어 댔다. 식중독 문제로 만든 음식을 집에 가져갈 순 없어서 너무 아쉬웠다. 아이들과 아내에게 자랑하고 싶었지만, 사진을 보여주는 것으로 만족해야 했다. 그날 배워서 만든 요리는 수업이 끝나고 앉아서 전부 섭취했다. 가끔 실수로 너무 음식이 맛있게 만들어진 날에는 '이걸 내가 만들었단 말인가' 하면서 스스로 감탄하며 먹었다.

요리학원을 열심히 다녀서 칼을 다루는 기술은 늘었는데 집에 오면 음식 만드는 순서가 생각나질 않았다. 무엇보다 채소 손질이 생각보다 힘들었다. 요리학원에선 물로 잘 세척된 당근과 감자가 준비되어 있어서 필요한 양만큼 가져가서 쓰면 된다. 집에서는 마트에 직접 가서 흙이 잔뜩 묻은 감자와 당근을 구매하고 직접 세척 및 껍질을 벗겨야 했다. 물론 요리학원처럼 세척된 당근을 팔았지만, 가격이 비싸서 선뜻 손이 가질 않았다. 요리를 한번 하고 나면 음식 쓰레기가 잔뜩 나왔다.

집에서 밀키트를 쓰지 않고 처음부터 끝까지 직접 요리해

보니 냉장고 속 재료들의 재고 관리도 만만치 않았다. 갑자기 아이들이 카레가 먹고 싶다고 하면 당근이 없고 김치전이 먹고 싶다고 하면 부침가루가 없었다. 코스트코에 가서 식재료를 대량으로 사 놓으면 재료가 남아서 유통기한을 넘기기 일쑤였다. 삼시 세끼 모두 밀키트의 도움 없이 요리하셨던 엄마가 정말 존경스럽게 생각되었다.

밀키트와 같은 인생이다

주부로서 살림 살면서 느낀 건데, 밀키트는 세탁기 발명 이후 최고의 발명품인 것 같다. 살림 사는 주부들의 수고를 혁신적으로 줄여 주었다. 맨 처음부터 밀키트와 사랑에 빠진 것은 아니었다. 매일 마트에서 신선한 채소와 고기 등을 사 와서 채소를 다듬고 아내와 아이들을 위해 정성껏 요리했다. A부터 Z까지 내가 직접 하다 보니 생각보다 많은 시간이 필요했다. 온종일 세끼 차리고 치우다 보면 어느덧 잘 시간이 되었다. 하루를 정말 보람차게 보낸 것 같은데, 식사 세끼 차리고 치운 것밖에 없다는 사실이 허탈했다. 요리하고 설거지하는 것을 정말 사랑했다면 이를 지속했을 테지만, 그렇지 않았기에 얼마 못 가 지치게 되었다.

그렇게 요리 슬럼프에 빠져 있던 중에 배달 대행 앱을 알게 되었다. 짜장면, 피자, 치킨과 같은 전형적인 배달 음식이 아니라, 맛집 혹은 레스토랑의 음식을 대신 배달해주는 서비스였다. 완전 신세계였다. 장보고 재료 다듬고 요리하는 시간이 혁신적으로 줄었고 높은 품질의 음식에 아이들의 반응도 폭발적이었다. 요리 초보 아빠의 정체불명의 이상한 요리만 먹다가 전문 셰프가 만든 맛있는 음식을 먹게 되니 너무나도 신났던 것이었다.

좋은 점만 있는 것은 아니었다. 아무리 유명한 식당에서 배달해 오는 음식이라 하더라도 식재료의 질은 직접 장 봐서 만든 것에는 못 미쳤다. 식당 역시 밀키트처럼 대중적 입맛을 잡기 위해 설탕과 조미료를 많이 사용했다. 배달 음식을 자주 먹다 보니 살이 점점 쪘고, 아이들도 점점 배달 음식을 지겨워하기 시작했다. 설탕이 많이 들어간 배달 음식 탓인지, 식성 좋은 첫째의 발육 상태가 갑자기 좋아지고 2차 성징까지 보였다. 나 때문에 성조숙증이라도 온 것은 아닌지 죄책감이 밀려왔다.

세끼 모두를 직접 만들어 먹기엔 내가 너무 힘들고 배달 음식에 의존하기엔 마음이 편치 않은 상황에서 결국 다시 선택한 것은 밀키트였다. 내가 직접 한 음식보다는 재료의 질이 떨어지지만, '배달 음식보다는 낫지 않겠냐'라는 생각이 들었고 조미료가 들어있는 소스 대신에 내가 만든 소스로 대체할 수도 있었다. 채소들도 필요한 양만큼만 들어 있어서 재료 낭비도 없었다.

마트에서 우연히 만난 딸아이 친구 엄마에게 코로나 때문에 집에 있는 삼식이를 위해 요리하는 것이 힘들다고 말씀드렸더니, 동네에서 지인들끼리만 공유하는 반찬가게를 소개해 주었다. 반찬가게 사장님은 동네에서 손맛 좋기로 유명한 가정주부였고, 블로그를 통해 매일 만든 질 좋은 반찬을 동네 사람들에게 팔고 있었다. 컴퓨터를 켜고 알려준 반찬가게 블로그 주소에 접속해 카페 가입 신청 버튼을 눌렀다. 누르자마자 돌아오는 에러 메시지,

'해당 블로그는 여성분들만 가입이 가능합니다.'

예상치 못한 반찬 가게의 성차별에 좌절했다. 세상이 아무리 좋아졌다고 하지만, 남자가 반찬을 구매하는 집은 별로 없나 보다. 어쩔 수 없이 동네 아주머니의 반찬 구매는 포기했고, 밀키트로 돌아갔다. 아내 명의로 반찬가게 블로그를 가

입해도 되지만, 아내는 온라인에 자신의 흔적을 남기기 싫어하는 사람인 것을 알기에 물어보지 않았다.

밀키트를 통해 처음 만들어 본 요리는 밀푀유나베였다. 배추와 고기를 일정한 크기로 잘라서 냄비에 꽃 모양으로 차곡차곡 넣고 육수를 넣어 끓여 내면 되는 요리였다. 아이들은 아빠가 한 요리 치고 너무 예쁘다며, 둘째가 의심스러운 눈빛으로 말했다.

"이거 아빠가 한 거 맞아?"

거짓말 못 하는 성격이어서, 밀키트로 만들었음을 고백했다. 둘째는 '역시 그러면 그렇지!' 하고 혀를 찬다.

인생을 돌아보니 내 인생이 밀키트 같다는 생각이 들었다. 나는 마트에 가서 직접 장보고 재료 손질하고 힘들게 '인생'이라는 요리를 만들어 왔다고 생각했는데, 돌이켜보니 지금까지 밀키트로 편하게 요리하면서 인생을 살고 있었다. 세상의 수많은 나라 중에 경제 대국인 한국에 태어나서, 대학교도 나오고 삼시 세끼 굶지 않고 살고 있으니 편한 밀키트 인생임이 틀림없다.

가난한 나라에서 태어났더라면, 하루 종일 공장에서 일한다고 학교 갈 엄두도 못 내었을 것 같다. 생각해보니 우리 부모님 세대만 하더라도 나라가 가난해서 아이들은 대부분 대학교에 갈 엄두도 못 내었다. 여자들은 공장에서 재봉틀을 돌렸고, 남자들은 건설 현장에서 몸 쓰는 일을 했다. 집안에서는 장남만 대학에 진학할 수 있었고, 장남의 어깨에 집안의 명운이 달려있었다. 하지만, 지금은 대학교 가기 싫다고 하면, 부모님께 등짝 스매싱을 당하는 세상이니 밀키트 인생임에 틀림없다.

살림 사는 남자의 외출

“손주부, 오늘 뭐 하냐? 시간 괜찮으면 평촌역으로 나와라, 같이 저녁 먹자.”

1년 만에 초등학교 친구로부터 연락이 왔다. 하지만 바로 답을 할 수 없었다. 아내의 허락이 필요했기 때문이다.

“친구야, 잠시만 기다려 봐, 와이프님에게 여쭤보고.”

내가 가정 경제를 책임지고 아내가 살림 살던 시절, 아내가 어쩌다 한 번씩 친구들을 만나러 간다고 하면, 안 갔으면 하는 마음이 생기곤 했다. 혼자 아이들을 돌보는 것이 서툴러서 그런 마음이 생겼다. 아내가 일찍 왔으면 하는 마음에 애들을 시켜 엄마 언제쯤 집에 오는지 전화도 시켰다. 아내는 오랜만에 친구들을 만나 한창 열심히 놀고 있을 텐데, 참으로 심보가 곱지 못했다. 순진한 아이들은 아빠가 시키는 대로 엄마에게 전화한다.

"엄마 언제 들어와? 엄마 보고 싶어~."

"응~, 엄마 일찍 들어갈 게~. 조금만 기다려~."

과거에 지은 죄가 있기에, 아내에게 친구 만난다고 말하는 게 미안하다. 물론, 아내는 이해심이 많아서 이렇게 말한다.

"자기야, 오랜만에 친구들이랑 즐거운 시간 보내고 와~."

이해심 많은 아내에게 미안해서, 친구 만나러 가기 전에 집 안 청소와 저녁 식사를 해 놓는다. 저녁 식사는 아내의 취향에 맞추어 나물 반찬 위주로 차린다. 밥이라도 차려놓고 외출해야 마음이 한결 편하다. 아이들 목욕까지 씻겨 놓으면 금상첨화인데, 아이들은 항상 저녁 식사 후 춤추며 놀기 때문에 목욕까지는 힘들 것 같다.

사람이 사회적으로 성공을 거듭하면, 공감 능력이 점점 퇴화한다고 한다. 직장에서 상사가 이상한 것도 사회적 성취에 따른 공감 능력 감소일 가능성이 크다. 회사에서 승승장구하고 잘나가던 시절의 나는 돈은 잘 벌었을지 모르지만, 공감 능력이 참으로 부족했던 것 같다. 대기업에서 돈 좀 번다고 주변 사람들에게 으스대었던 것 같다. 더 최악인 것은 마음속으로 사람을 연봉에 따라 서열을 매겼다. 누구는 나보다 돈을 더 버니 훌륭한 사람이고 누구는 나보다 못 버니 덜 훌륭하다고 생각했다. 회사 다닐 때 이 정도로 공감 능력이 떨어져 있었다. 당연하게도 당시 아내가 살림하느라 힘들어하고 있다는 사실 또한 알지 못했다.

퇴사하고 글을 쓰기 시작한 것은 정말 잘한 일이다. 글을 써 내려 가면서 그간 잃어버린 공감 능력을 조금씩 회복해 가고 있다. 회사에 남아서 계속 잘 나가고 승승장구했더라면, 돈과 권력을 얻었겠지만, 공감 능력을 잃었을 것이다. 공감 능력을 잃게 되면, 주변에 사람도 하나둘씩 떠났을 것이다. 결국 남아 있는 사람들은 출세를 위해 나를 지렛대로 이용하려는 사람들만 주변에 남게 되었을지 모른다. 전 직장에서 최연소로 전무가 되었던 선배가 내가 퇴사하던 날 했던 말이 생생하다. 앞으로 다시 보지 않을 사람이다 보니 선배 입에서 진심이 흘러나왔던 것 같다.

"높이 올라왔더니, 내 주위에 아무도 없더라. 어느 순간 너무 외로운 사람이 되어 버렸어."

쓰레기는 식성도 바꾼다

살림 살면서 느낀 건데 우리나라에서 쓰레기 처리하는 것은 다른 나라보다 열 배는 더 어려운 거 같다. 우리 집에는 쓰레기통이 6개나 된다. 폐지, 우유 팩, 플라스틱, 생수병, 비닐, 진짜 쓰레기통…… 아, 맞다. 음식물 쓰레기통까지 총 7개다. 예전에 러시아에서 살 때 쓰레기 처리는 정말 편했다. 성인 남자 한 명이 들어갈 만한 크기의 검은색 비닐봉지에 모든 쓰레기를 집어넣었다. 심지어 음식물 쓰레기까지 함께 넣었다. 층마다 있는 공용 쓰레기통 문을 열고 그곳에 쓰레기를 버리면 된다. 아파트 19층에서 버려진 쓰레기는 자유낙하를 하고 잠시 뒤 '퍽'하는 소리로 잘 도착했음을 알린다.

한국처럼 추운 겨울에 쓰레기를 버리기 위해 두꺼운 오리털 잠바를 입고 뒤뚱거리며 밖에 나가지 않아도 된다.

미국에서 유학할 때도 별반 다르지 않았다. 음식물 쓰레기는 싱크대에 있는 분쇄기Kitchen Disposal에 그냥 넣었고 나머지 쓰레기는 모조리 검은색 비닐봉지에 넣어 한꺼번에 버렸다. 미국이나 러시아 같은 나라들은 워낙 영토가 넓다 보니 아무 곳에나 쓰레기 처리장을 만들 수 있었다. 우리나라는 집값 떨어진다고 자기 집 근처에 쓰레기 처리장을 만든다고 하면 난리가 난다. 나 역시 집 근처에 쓰레기 처리장이 생긴다고 하면 머리 깎고 식음을 전폐하며, 농성할 것 같다.

이렇게 편하게 쓰레기를 버리며 살다가 주부가 되어 7가지 쓰레기통을 마주하니 여간 불편한 게 아니었다. 심지어 쓰레기 처리가 귀찮아서 식성도 바뀌었다. 여름에 가장 좋아하는 과일은 수박인데, 살림을 살면서 안 먹게 되었다. 수박을 한 번 먹고 나면 음식 쓰레기가 많이 나오기 때문이다.

아내가 살림 살 때는 수박을 마음대로 먹었다. 내가 음식물 쓰레기를 처리하지 않다 보니, 아내가 고생하고 있을 거란 생각은 꿈에도 못 했다. 음식물 쓰레기도 잘 안 치워 주면서 여름에 수박을 거의 매일 먹었다.

여름에 음식물 쓰레기를 집에 하루 이상 보관하면 큰일 난다. 음식물 쓰레기가 하루 동안 더운 여름 날씨에 방치되면, 다음 날 새로운 생명체들이 탄생해서 집 안 구석구석을 날아다닌다. 잠시 뒤 생명체들을 발견한 딸들의 비명소리가 들린다.

'아, 딸들이 벌레를 극도로 무서워한다는 것을 깜빡했다.'

초파리가 거실을 점령할 때면 아이들을 자기 방으로 도망친다. 초파리 잡는다는 핑계 아래 넓은 거실 식탁에 홀로 앉아 나만의 시간을 갖는다. 초파리가 무섭다고 아이들은 아빠를 찾지도 않는다.

'초파리야 고마워!'

살림 살면서 자주 안 먹게 된 음식이 또 있다. 금요일 저녁이면 항상 치킨에 맥주를 시켜 먹곤 했는데, 닭 뼈가 일반 쓰레기였다는 사실을 알게 되면서 치킨도 안 먹게 되었다. 닭 뼈는 일반 쓰레기지만, 엄연히 부패하는 음식이기에 집에 오래 보관하면 고약한 냄새와 함께 초파리를 양산한다. 그럼 순살 치킨을 시켜 먹으면 되지 않느냐고 반문하겠지만, 치킨은 닭 다리를 잡고 뜯어먹어야 제맛이다.

순살 치킨은 대개 국내산이 아니라 브라질산인 경우가 많다. 단가를 맞추기 위해 삼바 춤을 추다 온 브라질산 닭을 사용한다. 무엇보다 순살 치킨이 2천 원이나 더 비싸다. 아이들은 순살 치킨이 먹기 편하다고 순살을 사달라고 외치지만, 땅을 파도 2천 원이 안 나온다며 아이들을 다그친다. 아, 나도 꼰대가 다 되었다.

그렇게 치킨과 수박을 포기하고 살던 어느 날 갑자기 기막힌 생각이 떠올랐다. '쓰레기통을 복도에 놓으면 집안에 초파리가 생기지 않으니 괜찮지 않을까?' 다행히 우리 아파트는 개방형 복도이고 외부와 맞닿아 있어, 복도에 냄새가 찰 걱정도 없었다. 아이디어를 떠올린 그 날밤 치킨을 시켜 먹고 닭 뼈를 넣은 쓰레기를 현관문 바로 앞 쓰레기통에 넣고 잠들었다.

다음 날 아침 외출하러 나왔는데 밖에 있던 쓰레기통을 보고 경악했다. 쓰레기통은 뒤집혀 있었고, 그 안에 있던 쓰레기봉투는 누군가가 칼로 찌른 것처럼 여기저기 구멍이 나 있었다. 복도에는 여기저기 닭 뼈들이 흩어져 있었다. 밤새 동네 길고양이들이 우리 집 앞에 모여 파티를 한 것이었다.

'악!!! 이거 언제 다 치워!'

그날 이후로 삼바의 나라, 브라질산 순살 치킨만 먹게 되었다. 수박이 정말 먹고 싶을 때는 음식물 쓰레기가 나오지 않는 수박 주스를 마시게 되었다.

오늘은 배달 음식 먹으면 안 될까?

요리하기 싫어서 배달을 많이 시키다 보면 어느새 배민 VIP 고객이 된 자신을 발견하게 된다. 항공사 마일리지 쌓아서 VIP 되는 것은 기분이 좋은데, 배달 앱에서 주는 VIP는 영 달갑지 않다. 마치 주부로서의 책무를 다하지 않은 느낌이 든다. VIP 고객이 선정되던 날 죄책감에 휩싸여 배달 앱을 지웠고 직접 요리하는 시간을 많이 갖기로 했다. 그러던 어느 날 딸아이가 부탁하듯 말했다.

"아빠, 오늘은 집밥 말고 MSG와 설탕이 듬뿍 들어간 배달 음식 좀 먹으면 안 될까? 아빠가 해준 음식만 너무 오래 먹었더니 좀 지겹네."

(이렇게 감사할 수가!)

"어, 그래. 무슨 음식을 먹고 싶은데?"

"불맛 나는 짬뽕과 볶음밥을 먹고 싶어!"

"응, 알았어!"

집밥 준비하는 것이 얼마나 힘든데, 집밥을 지겹다고 말하는 딸아이가 야속하기도 했지만, 오늘 저녁은 준비 안 해도 된다는 생각에 다시 기분이 좋아졌다. 마트 가서 장 봐와서 요리할 시간에 바닥에 누워 유튜브나 좀 봐야겠다.

지웠던 배달 앱을 다시 깔고 중국요리를 시키려고 하는데 배달비가 3,500원이나 하는 것이었다. 배달시키면 몸은 편한데, 배달비로 3,500원을 내자니 알뜰 주부로서 맘이 편치 않다.

결국, 배달비 3,500원을 아끼기 위해 전화로 포장 주문을 했다. 아침에 안 씻었더니 몰골이 말이 아니다. 동네 아주머니들의 눈을 피해 검은색 마스크를 하고 챙이 넓은 모자를 눌러쓴 뒤 10분 정도 걸어 아파트 상가에 있는 중국집에 도착했다. 마침 주문한 음식을 중국집 사장님이 포장하던 중이었다. 돈을 지급하고 포장된 음식을 챙겼다. 음식이 식기 전에 먹으려고 빠른 걸음으로 걸어갔다. 집에 도착한 후 손을 씻고, 포장된 음식을 꺼낸 후 아이들과 아내를 불렀다.

"애들아, 저녁 먹자!"

"와! 신난다!!!"

이 얼마만의 중국요리인가! 볶음밥을 짜장에 잘 비빈 후 한 입 베어 물었다. 다량으로 들어간 MSG가 내 혀에 착 달라붙더니 '꿀맛'이라는 신호를 뇌에 계속해서 보낸다!

"아빠, 진짜 맛있다. 이게 얼마 만에 먹는 거야?"

신나서 중국 음식을 먹는 아이들을 보니 나도 행복해졌다. 그리고 이런 생각도 들었다.

'아빠가 해주는 음식도 이렇게 열광하면서 먹으면 안 될까?'

우연히 본 아내의 일기장

평소처럼 아이들은 학교에 가고 아내는 출근했다. 혼자 남아서 집을 정리하다가 식탁에 놓여 있는 한 권의 일기장을 발견했다. 자세히 보니 아내의 일기장이었다. 일기를 쓰다가 출근 시간이 다 되어 정리하는 것을 깜빡 잊고 직장에 간 모양이다. 평소 같으면 일기장을 아내의 가방 안에 집어넣었을 텐데. 마음속에 갑자기 천사와 악마가 동시에 나타났다.

악마가 내게 속삭였다.

"어서 일기장을 읽어봐! 아내의 마음을 읽을 수 있는 절호의 기회잖아!"

천사가 악마를 가로막았다.

"안 돼! 일기장을 당장 덮어! 다른 사람의 일기를 읽는 것은 잘못된 일이잖아!"

갑자기 심장이 두근거렸다. 어린 시절 엄마 몰래 밤에 라면을 끓여 먹을 때처럼 가슴이 쿵쾅거렸다. 몇 분간 천사와 악마가 치고받고 싸우다가 결국 이렇게 타협하기로 했다.

'지금 펼쳐진 쪽만 읽어보자. 읽어보라고 아내가 일부러 펼쳐 놓은 것일 수도 있잖아.'

그렇게 해서 첫 번째 줄을 읽게 되었다.

'아, 정성이 가득 담긴 음식이 먹고 싶다…………'

첫 번째 줄을 읽자마자 일기장을 바로 덮었다. 심장이 전보다 더 쿵쾅거렸다. 여러 가지 감정들이 밀려들었다. 미안함, 속상함, 억울함 등등……. 잠시 뒤 감정들은 대부분 작아졌는데, 속상함만은 점점 커지기 시작했다.

'아니, 지금껏 내가 준비한 음식은 정성이 없는 음식이라고 생각했던 것인가?'

'밀키트로 만든 음식은 정성이 안 들어간 음식인가?'

'반찬가게에서 산 반찬은 정성이 없는 음식인가?'

'반찬가게까지 걸어가는 것도 정성이고, 밀키트 요리도 저절로 되는 것이 아닌데, 지금까지 나의 정성은 아무것도 아

니었던 것인가?'

부정적 생각이 꼬리에 꼬리를 물자 마음속에 오기가 생기기 시작했다.

'그래, 앞으로 정성이 담긴 음식이 뭔지 제대로 보여주지!'

결심한 순간 바로 배달 앱을 휴대폰에서 지웠다. 그 시점부터 정성이 담긴 음식을 위해 이를 갈며 준비하기 시작했다.

다음 날 먹을 메뉴를 전날에 미리 정했다. 레시피를 검색한 다음 오전에 직접 재료를 사러 갔다. 신선한 식재료를 구하기 위해 조그만 슈퍼 대신 멀리 있는 대형 마트에 갔다. 보관이 편한 냉동은 지양하고 그날 먹을 냉장 식재료만 골랐다. 무항생제, 동물 복지, 유기농 스티커가 붙은 제품만 장바구니에 담았다. 평소 같으면 유통기한이 임박하여 싸게 파는 식재료를 장바구니에 담았을 텐데, 이들에게는 눈길조차 주지 않았다.

장을 보고 집에 돌아온 후 밥을 올리고, 밥이 되는 동안 야채를 다듬었다. 나물을 데치고 고기를 양념에 재워 놓고 국을 끓였다. 아내가 올 시간이 되면 재워 놓은 고기를 구웠다. 손님 올 때나 꺼내던 그릇과 접시로 테이블 세팅을 해 놓고 아내의 퇴근과 동시에 재빠르게 접시에 담아내었다. 아내와 아이들은 상다리 휘어지게 차려진 음식을 보고 깜짝 놀랐다.

"아빠, 오늘 누구 생일이야?"

"자기야, 오늘 무슨 날이야?"

"아니, 오늘따라 요리가 좀 하고 싶어서……."

나의 오기가 담긴 저녁 식사 준비는 며칠간 지속되었다. 정성 담긴 저녁 식사가 일주일째 되던 날 첫째 딸이 이런 말을 했다.

"아빠, 요즘 저녁 식사 시간이 너무 행복해! 아빠가 정성스레 만든 음식이 너무 좋아!"

순수한 '동기'가 아닌 '오기'로 시작한 요리인데, 딸아이는 아빠가 직접 만든 요리가 좋았나 보다. 딸아이의 칭찬을 듣고 나니 요리하는 것이 갑자기 즐거워졌다. 칭찬은 고래도 춤추게 한다고 하지 않았던가!

하지만, 얻는 것이 있으면 잃는 것도 있는 법이다. 요리에 시간을 많이 할애하다 보니, 글을 쓸 시간이 확연히 줄었다. 운동을 게을리하면 근 손실이 오는 것처럼 글쓰기를 게을리 했더니 글 쓰는 근육이 줄어든 느낌이다.

앞으로는 글쓰기 시간을 확보하기 위해, 글감이 떠올라 글을 쓰게 되는 날에는 배달 찬스를 쓸 생각이다. 그렇게 하면,

글 쓸 시간도 벌 수 있고 요리 준비에 지치는 일도 방지할 수 있을 것 같다. 이것이야말로 요즘 기업 사이에서 유행하는 '지속가능한 경영'이 아니라 '지속가능한 살림'이지 않을까?

3장

쇼핑을 알면 살림이 보인다

코스트코에서 구찌 가방을 파는 이유

주부가 되고 나서 가장 먼저 한 일은 코스트코 연간 회원 가입하기였다. 우리 집 앞에 있는 롯데마트보다 훨씬 저렴한 것도 이유지만, 코스트코에 가면 외국에서 들어온 물건이 많아서 구경하는 재미가 쏠쏠하다. 그리고 무엇보다도 입구에 들어서자마자 진열된 명품 가방들 구경하는 재미가 좋다. 지금은 아내에게 용돈을 받아 쓰는지라 지름신은 감옥에 고이 모셔 두었지만, 남들 다 일하는 평일 낮에 아이쇼핑 window shopping하는 것만으로도 충분히 행복하다(행복하다고 믿고 싶다). 매장에 들어서면 프라다, 루이비통, 구찌 가방들이 '나 좀 데려가 주세요'라고 내게 계속 말을 건다. 가격도 다 어마무시하다. 요즘 가방은 3백만 원은 기본이고 비싼 가방은 1천만 원까지 한다. 그런데, 갑자기 이런 생각이 들었다. 식재료와 생활용품을 파는 코스트코에서 왜 뜬금없이 비싼 구찌 가방을 파는 걸까? 예전 MBA 과정 때 배웠던 행동 경제학 지식이 떠올랐다.

행동 경제학에 '앵커링 효과Anchoring Effect'라는 것이 있다. '앵커링 효과'란 배가 한번 바다에 닻을 내리면 아무리 파도가 쳐도 닻을 내린 곳에 그대로 머무르듯이, 사람들의 무의식 속에 어떤 기준이 되는 값이 일단 입력되면 이 기준점이 다음 행동에 영향을 미친다는 뜻이다.

코스트코에 입장하는 손님들이 가장 먼저 마주하는 구찌 가방과 오메가 시계들은 삼백만 원에서 팔백만 원에 달한다. 손님들의 무의식중에 팔백만 원이라는 금액이 머리에 먼저 닻을 내리면, 그 후에 보는 식료품과 생활용품들이 상당히 저렴하게 느껴진다.

비싼 돈 내고 2년간 MBA를 공부한 보람이 있다. 주부가 되어 장을 볼 때 코스트코의 상술에 넘어가지 않을 수 있으니 말이다. 생각해보니 전 회사가 MBA를 보내준 덕분에 훌륭한 주부가 될 수 있었다.

코스트코가 앵커링 효과를 활용하여 나를 속이려 하듯, 나 또한 아내에게 용돈 타서 쓸 때 앵커링 효과를 종종 사용한다. 일단 필요한 용돈이 30만 원이라면 30만 원보다 훨씬 큰 50만 원을 먼저 부른다. 앵커링 효과 노려본다고, 100만 원처럼 너무 큰 금액을 부르면 마누라에게 등짝 스매싱을 당한다. 일단 크지도 작지도 않아 보이는 50만 원을 부르고 아내의 눈치를 한 번 본다. 아내가 바로 오케이 하면 좋고, 아내가 50만 원에서 30만 원으로 깎아도, 나는 좋다. 내 원래 목표 금액은 30만 원이었기 때문이다.

개인적으로 좋아하는 '자라'와 '마시모두띠'가 앵커링 효과를 잘 활용하는 것 같다. 스페인 현지보다 훨씬 비싼 가격표를 먼저 붙여 놓은 다음 세일 기간에 70%까지 할인 해준다. 그럼 난 좋다고 옷 가게로 달려간다. 이건 조삼모사 속 원숭이와 다를 바 없다.

신혼 초에 전셋집을 구할 때, 부동산 중개사무소 실장님들도 앵커링 효과를 잘 썼던 것 같다. 실장님들은 내 예산보다 훨씬 높고 예쁜 집을 첫 번째로 보여주었다. 그리고 가격이 낮고 집 상태가 최악인 집을 보여주었고, 마지막으로 예산보다 살짝 비싸지만 적당한 집을 보여주었다. 맨 첫 집에서 높은 가격과 품질에 내 눈은 이미 높아졌고, 마지막에 본 집이 예산보다 살짝 더 높아도 계약하기에 부담 없어 보였다. 역시나 이번에도 알고도 속았다.

곰곰이 생각해보니, 다음번에 아내에게 용돈을 올려 달라고 요청할 때는 아내와 함께 샤넬 매장을 먼저 한번 다녀와야겠다. 샤넬의 가슴 떨리는 판매 가격을 보고 나면, 용돈 10만 원 정도는 우습게 올려주지 않을까?

샤넬 백은 왜 가격을 올려도 잘 팔릴까?

요즘 어린 친구들은 정말 불쌍하다. 초등학교 저학년 때까지는 행복하게 지내다가, 3학년이 되는 순간 학원 뺑뺑이가 본격적으로 시작된다. 수업 시간이 끝남과 동시에 교문 앞에 수많은 학원 셔틀 차량이 아이들을 납치(?)하기 위해 대기한다. 그렇게 납치된 아이들은 쉴 시간도 없이 여러 학원을 뺑뺑이 돌다가 집으로 돌아간다. 집에 돌아오면 학원에서 내준 숙제를 하느라 친구들과 놀 시간도 없다. 학원으로 이동하는 봉고차 안에서 가끔 하는 스마트폰 게임이 여가의 전부다. 아이들은 어려서부터 극심한 경쟁을 하고 있다. 동네 학원들도 서열이 나누어져 있어서, 어떤 학원에 다닌다는 사실 만으로 어깨에 힘이 들어갔고, 더 좋은 학원에 들어가기 위해서는 입학시험을 봐야 했다. 이렇게 치열한 사교육 바다에서 딸아이들이 어느 날 내게 이렇게 말했다.

"아빠, 강제로 학원 뺑뺑이 안 시켜줘서 고마워!"

어릴 때부터 경쟁에 익숙해진 젊은 세대들은 '상대적 지위와 서열'을 확인하는 행위도 익숙한 것 같다. 학교 안에서는 성적으로 학교 밖에서는 비싼 명품으로 자신의 위치를 드러내고 서열을 매기고 싶어 하는 것 같다.

소스타인 베블런Thorstein Veblen이 쓴《유한계급론》을 보면 물건이 상대적 지위와 서열을 보여주고자 하는 용도로 사용되는 것에 대해 비판한 바 있다. 가방의 원래 용도는 휴대폰, 지갑과 같은 소지품을 보관하는 것인데, 어느 순간부터 사회적 지위와 서열을 보여주는 용도로 변질되어버렸다. 덕분에 샤넬과 같은 명품들은 가격이 오르는데도 수요가 증가하는 현상이 나타났다. 가격이 높아지면 수요가 감소하기 마련인데, 소비자들은 비싸진 제품을 특별한 것으로 인식해 수요가 증가했다.

그 옛날 청동기 시대에도 있는 놈들(유한계급)은 자신의 재력과 사회적 지위를 보여주기 위한 과시적 소비를 했다. 청동기 시대에는 샤넬 가방 대신 재력과 사회적 지위를 보여주기 위해 아무짝에도 쓸모없는 거대한 고인돌을 마을 입구에 세웠다.

아무짝에도 쓸모없어 보이는 거대한 고인돌도 가끔은 쓸모가 있었다. 부족 간의 침략이 일어났을 때, 마을 입구에 설치된 고인돌의 크기를 보고 침략 여부를 결정했다. 자기 마을의 고인돌보다 크면 전쟁에서 이기기 힘들겠다고 생각해서 침략하지 않았다고 한다.

딸아이 학부모 모임 때 고인돌 크기 겨루기를 느꼈다. 머리부터 발끝까지 비싼 옷과 가방, 구두로 치장한 아주머니들이 내 고인돌이 더 크다며 과시하고 있는 것 같았다. 나 또한 지기 싫어하는 성격인지라, 갖고 있는 것 중에 가장 비싼 양복을 입고 H사의 실크 넥타이까지 하고 학부모 총회에 참석했다. 여자들의 바다에서 혼자 남자인 것도 튀는데, 양복에 넥타이까지 하고 갔으니 이목이 집중되는 것은 당연했다.

아무튼, 이 쓸데없어 보이는 전 세계 고인돌의 60%가 한반도에 있다. 옛날부터 과시를 즐겨 했던 사람들이 우리나라에 몰려 살았단 이야기다. 콩 심은 데 콩 나고, 팥 심은 데 팥 난다는 속담처럼, 우리나라 샤넬 백 가격이 프랑스보다 훨씬 비싸도 잘 팔리는 것을 보면 고인돌 만들기에 온 힘을 쏟던 자들의 후손이기 때문이지 않을까?

쿠팡이 타임 할인을 하는 이유

코로나19 기간에 '마켓컬리와 쿠팡이 없었으면 어떻게 지냈을까'라는 생각을 해 보았다. 해외에 있는 친구들 이야기를 들어보니, 코로나19로 인해 마트에서 파는 여러 가지 물품들이 품절 되어 큰 고생을 했다고 한다. 아직도 많은 나라들에서는 배달 문화가 발달 되어 있지 않아서 직접 마트에 가서 필요한 물건을 구매해야 했다.

아이들이 등교하는 날이면, 의자에 앉아 쿠팡 앱을 켠다. 아이들이 자라면서 먹는 양도 부쩍 늘었다. 장을 봐서 냉장고에 꽉꽉 채워 놓지만, 얼마 안 가 텅텅 빈다. 홍차를 한잔 우려놓고 멍하니 쿠팡을 쳐다보고 있는데 타임 할인이라는 카테고리가 있다는 것을 알게 되었다.

한정 시간, 한정 수량이라는 슬로건과 함께 제품 옆에는 시계가 표시되어 있었다. 폭발이 얼마 남지 않은 시한폭탄의 시계처럼, 할인 종료 시점을 알려주는 시계를 보고 있으면 마음이 점점 조급해진다. 이번 기회가 아니면 제값 주고 사야 하니깐 지금 사지 않으면 손해 보는 것 같은 기분이 들었다. 그렇게 정신을 못 차리다 보면 지금 당장 필요한 물건도 아닌데, 나중에 언젠가 사용할 물건이라는 자기 합리화를 하고 결재하는 자신을 발견한다.

곰곰이 생각해보니 쿠팡은 인간의 '손실 회피성'을 이용해 장사를 하고 있었다. 손실 회피는 말 그대로 '사람은 손실이 나는 것을 극도로 싫어하고 회피하려 한다'는 뜻이다. 살다 보면 우리는 기쁜 일도 만나고, 슬픈 일도 만나는데, 사람은 기쁜 일보다는 슬픈 일에 더 크게 반응한다. 우리나라 가요들을 보면 사랑에 빠져 행복하다는 노래보다 이별 후 슬퍼하는 노래가 많은 것만 보아도 얼마나 사람들이 슬픈 일에 더 크게 반응하는지 알 수 있다.

같은 크기의 기쁨과 슬픔이 있을 때 우리의 뇌는 슬픔에 2배 더 크게 반응한다고 한다. 주식으로 백만 원 벌었을 때의 기쁨보다 백만 원 잃었을 때의 슬픔이 2배 더 크다는 이야기다. 결혼할 때의 기쁨보다 이혼했을 때의 슬픔이 더 크다는 말이기도 하다.

영악한 쿠팡은 지금 당장 구매하지 않으면 손해라는 심리를 부추겨, 내게 필요하지 않은 제품까지 구매하게 만든다. 지르고 나서 나중에 깨닫는 일이 많지만, 한정 수량을 구매하지 않으면, 손해를 봤다는 생각에 가슴 한편이 쓰리다.

손실 회피 심리 때문에 나는 '지금까지 얼마나 인생을 허비하면서 살았나'란 생각이 들었다. 내가 정말 원했던 것인지 아니면 남이 원했던 것인지 헷갈리는 대기업 정규직 자리에 들어가기 위해 30년을 앞만 보고 달렸던 것 같다. 남들이 부러워하는 직장에서 10년 넘게 일했는데도 불구하고 공허함이 점점 커졌던 것을 보면 대기업 정규직은 내가 원했던 것이 아니란 생각이 들었다. 하지만, 어떻게 해서 얻은 사회적 지위인데, 그것을 바로 포기하자니 마음의 결정이 쉽지 않았다.

주식 하지 않으면 바보로 치부되는 세상

요즘 주변에 주식 이야기하는 아주머니들이 부쩍 늘었다. 테슬라를 사서 얼마를 벌었고, HMM을 사서 남편보다 더 많이 벌었다고 자랑하는 아주머니들도 많아졌다. 한 달에 딸랑 삼백만 원 가져다주면서, 직장 다니는 것이 힘들다며 짜증 내는 남편이 너무 싫다고 말했다. 자산의 가치가 급등하면서, 노동의 가치가 평가 절하되는 것 같아 씁쓸하다.

친한 친구가 남들이 모두 돈을 벌고 있으니, 혼자만 벼락거지가 된 듯한 기분이 들어서 삼성전자 주식을 뒤늦게 매입했다. 그 친구는 삼성전자를 9만 원대에 매입했는데, 얼마 지나지 않아서 주가는 6만 원대까지 떨어졌고 친구는 주식을 모두 팔아야 하는지 물어봤다. 그래서 이렇게 말해주었다.

"친구야, 기업의 내재 가치가 떨어진 것이 아니라 외부 금리 인상의 여파로 주식이 떨어진 것이니 계속 들고 있는 것이 어떨까?"

주변에 특히 삼성전자를 매입했다가 손해가 많이 늘어서 팔지 못하고 발만 동동 구르고 있는 분들이 많았다. 그분들의 말을 들어보니, 주식을 파는 순간 '불확실했던 손실'이 '확정된 손실'이 되기 때문에 팔 수 없다고 말했다. 언젠가 오를지 모른다는 희망을 갖고 계속 들고 있는 것 같았다.

나도 삼성전자 주식을 갖고 있지만, 팔 생각은 전혀 없다. 4차 산업 혁명 시대에 가장 중요한 제품은 반도체이고, 그 반도체를 잘 만들 수 있는 회사는 전 세계에서 두 군데밖에 없다. 그중 하나가 삼성전자다. 반도체를 설계하는 회사는 많지만, 직접 만드는 회사는 별로 없다. 우스갯소리로 삼성전자 주식을 잔뜩 산 다음 범죄를 저질러 30년간 감옥에 다녀오면 출소할 때 어마어마한 부자가 되어 있을 거라고 한다.

감옥에 간 것은 아니지만, 5년 전에 미국 우량주를 사놓고 오랫동안 팔지 않고 장기보유하고 있다. 살림 살면서 기분이 우울해질 때면 주식 계좌 앱을 실행해 놓고 5년간의 수익률을 감상한다. 그놈의 숫자가 뭐라고, 늘어 있는 돈을 보면 잠시 행복해진다. 돈을 많이 번 것 같은데, 전세금이 더 빠른 속도로 증가하고 있으니 돈을 번 것도 안 번 것도 아닌 이상한 상황이 되어 버렸다.

집주인에게 전화가 왔다.

"요즘 전세 시세 얼마인지 아시죠?"

"네, 잘 알고 있습니다."

"돌아오는 만기일에 시세대로 받을 거니 미리 준비하세요!"

집주인의 전화를 받고 나니 갑자기 우울해졌다. 남은 인생은 남의 지시에 따르지 않고 자유롭게 살고 싶어 회사를 나왔는데, 미친 듯이 올라가는 전세금을 바라보니 '괜히 회사를 나왔나'란 생각이 들었다. 올겨울까지 전세금 올려줄 돈을 마련하기 위해서는 지금 쓰고 있는 책이 30만 부 이상 팔리거나 보유하고 있는 주식이 폭등해야 한다. 전세금 올려줄 시간까지 1년도 채 남지 않았는데, 요즘 주가가 계속 떨어지고 있으니 기댈 곳은 책밖에 없다.

"하늘에 계신 하느님, 부처님, 알라신님. 연말까지 전세금 마련할 수 있게 도와주세요!"

가방을 사면 신발도 사고 싶은 이유

집 근처에 있는 쇼핑몰에서 아이 쇼핑하다가 정말 맘에 드는 버건디색 서류 가방을 발견했다. 가격이 너무 비싸서 살까 말까 며칠을 고민하다가 열심히 살림 사는 내게 선물하는 기분으로 구매했다. 집으로 돌아와서 아끼는 옷을 꺼내 입고 가방을 들어보았다. 잘 어울리는지 거울 앞에 서는 순간 이런 생각이 들었다.

'앗! 이럴 수가! 버건디색 가방에 어울리는 구두가 없네!'

그래서 그날 바로 인터넷 쇼핑몰에서 짙은 버건디색 구두를 구매했다. 택배가 도착하자마자 구두를 신고, 가방과 함께 전신 거울에 비춰보는데, 재킷에 흰색 행커치프보다는 버건디색이 더 잘 어울릴 것 같았다. 그래서, 인터넷으로 행커치프까지 질렀다.

물건 하나를 사면 그 물건에 어울리는 물건을 계속 사고 싶은 심리를 '디드로 효과'라고 부른다. 18세기 프랑스의 철학자 드니 디드로Denis Diderot는 어느 날 친구로부터 세련된 빨간 가운을 선물 받았다. 선물 받은 가운을 옷걸이에 걸어 놓았는데, 집에 있는 오래된 가구와 어울리지 않음을 발견했다. 그날 이후 그는 집안의 의자, 책상 등을 새것으로 바꾸기 시작했고 결국 집안의 모든 가구를 빨간 가운과 어울리는 것으로 바꿨다.

전에 다니던 직장은 코엑스 사거리에 있었다. 강남 한복판에 있는 기업에 취직하고 나니, 그에 어울리는 옷과 구두가 필요할 것 같았다. 얼굴은 시골 산골 청년회장처럼 생겼는데, '강남에서 이 정도는 입어 줘야 남들에게 무시 안 당하지'라는 생각에 명품 로고가 잔뜩 박힌 넥타이를 사고 벨트를 찼다. 한마디로 패션 테러리스트였다.

코로나가 시작된 이후부터는 활동하기 편한 옷들 위주로 입는다. 1년 365일 회색 추리닝에 언제 샀는지 기억도 잘 안 나는 나이키 운동화를 신고 다닌다. 요즘 내가 입고 다니는 옷을 보니 지금까지는 남에게 잘 보이기 위해 내게 맞지 않는 옷을 입고 있었음을 깨달았다.

전에는 동네 슈퍼에 장을 보러 갈 때도 항상 잘 입고 나갔다. 딸아이 친구 엄마를 만날 수도 있기 때문에 수염도 깎고 머리에 왁스도 바르고 꾸안꾸 룩으로 밖에 나갔다. 평범한 듯 하지만 다리미로 잘 다려 날이 선 크림색 면바지에 옥스퍼드 소재 셔츠를 입고 그 위에는 트위드 소재의 감색 재킷을 입었다.

하지만, 요즘은 수염이 덥수룩한 얼굴에 대형 마스크를 쓰고 새집이 진 머리를 비니로 가린 상태로 외출한다. 여기에 안경까지 쓰면 동네에서 아는 학부모님들을 만나도 모르는 척 할 수 있다. 가끔 눈썰미가 좋은 어머님들이 어디서 많이 본 듯한 사람 아닌가 하는 얼굴로 쳐다보는데, 그럴 땐 고개를 푹 숙이고 빠른 걸음으로 지나간다.

얼마 전 뉴스를 보니 우리나라 1인 가구가 빠른 속도로 증가하고 있다고 한다. 늘어난 1인 가구는 대부분 20~30대라고 한다. 요즘 얼굴을 가리고 사는 게 편하다고 느끼는 나를 보니 왜 이런 일이 생기고 있는지 이해가 되었다. 우리나라에는 인생이란 이렇게 살아야 한다는 공식 같은 것이 있다.

좋은 대학에 가서 좋은 직장에 취직하고 때가 되면 좋은 사람 만나 결혼해야 한다. 결혼 후에는 몇 년 안에 아이를 가져야 하고 대출받아서 집도 장만해야 한다. 정년까지 회사를 열심히 다니며 대출금을 갚고 가족들을 부양해야 한다. 이런 공식에 벗어나는 삶을 살면 주변에 사람들이 걱정이라는 가면을 쓰고 내 삶을 침범하기 시작한다.

다른 나라에는 없는 '정'이라는 문화가 한국에는 있어서 좋긴 한데, 가끔 '정'은 정도를 넘어, 사람을 피곤하게 만들기도 한다. 멀리 갈 것도 없다. 나만 해도 주변 사람들에게 회사를 관둔다고 말했을 때 수 많은 걱정과 조언을 받았다.

"너는 총각이 아니라, 처자식이 있는 가장이야."

"요즘같이 어려운 시기에 회사 나가면 뭐 해 먹고 살거냐?"

친인척 관계에 있지 않은 사람들의 반응이 이 정도인데 양가 부모님들께 퇴사 사실을 알렸다가는 정말 피곤해지겠다는 생각이 들었다. 혹시 모르지, 책이 잘 팔려서 전 직장 연봉보다 더 많이 벌게 되면 부모님이 나의 선택을 인정해줄지도.

마트에서 장만 보면 왜 이리 돈이 많이 나올까?

주부에게 있어 행복한 시간은 뭐니 뭐니 해도 마트 가서 쇼핑하기다. 주말에 가족들이 다 같이 하는 쇼핑도 좋지만, 아내는 일터로 보내고 아이들은 학교에서 열심히 공부할 때 홀로 유유히 하는 쇼핑이 정말 좋다. 온라인으로 하는 쇼핑과 달리 오프라인에서 하는 쇼핑은 직접 물건을 만져볼 수 있어 좋다. 코로나 백신을 2차까지 맞고 나니, 마트 가는 것도 두렵지 않다.

마트에 가면 일단 내가 좋아하는 가전제품 코너에서 시간을 보낸다. 그러다가 배가 고파지면 시식 코너에서 무전취식을 해도 된다. 코로나 때문에 시식이 없어져서 아쉽긴 하지만, 맛있는 음식들을 보는 것만으로도 너무 행복하다.

하지만 마트만 갔다 하면 10만 원 넘게 깨지는 것은 예사롭다. 맨 처음 마트에 갈 때는 우유와 달걀만 필요해서 갔는데, 마트를 나올 때 즈음엔 이것저것 카트에 물건을 담고 있는 자신을 발견한다. 이처럼, 마트만 가면 왜 이리 돈을 많이 쓰게 되는지, 마케터들이 숨겨 놓은 장치들을 하나씩 찾아보았다. 대학 때 배운 지식이 주부로 사는 데 큰 도움이 될 줄 누가 알았으랴!

마트 주차장에 차를 주차하고 쇼핑 카트를 꺼낸다. 기분 탓일까? 시간이 흐를수록 쇼핑 카트의 크기가 점점 커지는 것 같다. 커다란 쇼핑 카트를 물건들로 꽉꽉 채우면 뭔가 안심이 된다. 실제로 지난 30년간 쇼핑 카트의 크기는 3배 이상 커졌다고 한다. 현재 코스트코의 바구니 크기는 300리터에 달한다. 이마트와 홈플러스는 180리터로 그 뒤를 쫓고 있다. 연구에 따르면 카트 크기가 2배 증가할 때 소비자는 19% 더 구매한다고 한다.

커다란 카트를 끌고 마트 입구에 들어서면 우리를 먼저 맞이하는 코너가 있다. 그것은 바로 과일 코너다. 먹음직스러운 빨간색 사과, 주황색 귤, 그리고 검푸른 빛깔의 포도와 블루베리까지 예쁘게 진열되어 있다. 하지만 언제나 손에 쥐는 것은 저렴한 과일인 바나나다. 어릴 때 바나나는 부자들만 먹던 음식인데, 요즘 바나나는 서민들의 대표 과일이 된 것 같다.

'그런데 왜 하필 마트 입구에 알록달록한 과일이 진열되어 있을까?'

그 이유는 바로 빨강, 주황, 검정, 로열 블루와 같은 색깔에 사람들이 노출되면 충동구매Impulse buying할 확률이 올라가기 때문이다.

과일 코너에서 충동구매를 하고 싶은 마음이 가득 차오른 필자는 시식 코너를 마주하게 된다. 코로나 전에는 시식 도우미 아주머니가 군만두를 열심히 굽고 있었다. 거절 못하는 성격의 나를 어떻게 알아보고, 군만두 하나 먹어보라며, 종이컵을 건네준다. 만두를 주섬주섬 먹다 보면, 왠지 사줘야 할 것 같은 기분이 든다.

여기서 사줘야 할 것 같은 기분이 드는 이유는 '상호성의 법칙The Law of Reciprocity' 때문이다. 누군가가 나에게 잘해 주면, 나 역시 잘해 준 사람에게 잘해줘야 할 것 같은 기분이 든다.

나처럼 외모가 준수하지 못한 남자들은 선천적으로 상호성의 법칙을 이해하고 있다. 마음에 드는 여성을 발견하면 그녀에게 끊임없이 잘해 준다. 그렇게 심리적으로 빚진 듯한 감정을 갖게 만든다. 심리적 부채감을 갖게 된 여성은 결국 상호성의 법칙에 따라 마음의 문을 열 수밖에 없다. 물론 백프로 성공하는 것은 아니다. 여자에게 너무 들이대면 스토커로 몰릴 수도 있다.

시식 코너의 유혹을 무사히 지나고 나면, 금일 한정 1+1 행사와 마주하게 된다. 금일 한정 파격 세일은 오늘 사지 않으면, 손해라는 심리를 마케터들이 살살 건드리는 고도의 마케팅이다. 사람은 이득 본 것 보다, 손해라는 심리에 더 크게 반응한다. 평소에 라면도 자주 먹지 않으면서, 1+1 행사 중인 라면을 나도 모르게 카트에 담는다. 요즘처럼 물류 대란이 빈번히 발생하는 시국에는 라면을 많이 저장하면 저장할수록 좋은 것이라며 자기 합리화를 한다. 솔직히 이렇게 사들인 라면이 대부분 유통기한을 넘겨서 쓰레기가 되곤 하지만, 매번 마케터의 상술에 넘어간다.

이렇게 수많은 난관을 지나 마지막 단계인 계산대에 도착한다. 계산대 주변에는 나를 유혹하는 천 원 안팎의 껌과 건

전지, 휴지 등이 진열되어 있다. 내 머리에는 10만 원이라는 금액이 머리에 닻을 내려서 천 원짜리 껌은 굉장히 저렴하게 느껴진다. 이게 '앵커링 효과Anchoring Effect'다. 운전하다가 졸리면 껌을 씹어야 할 것 같은 기분도 든다.

글을 쓰다 보니 비합리적 구매 결정을 참 많이 내리고 있음을 알 수 있었다. 우리 집 앞 슈퍼에서 파는 콩나물이 평소 4천 원 정도 하는데, 걸어서 10분 거리에 있는 마트에서는 같은 제품을 2천 원에 판다. 그러면 나는 10분을 걸어가서 2천 원 더 싼 콩나물을 산다. '절반 가격에 콩나물을 싸게 샀다'며, 알뜰한 주부가 된 듯한 기분을 누린다.

그런데, 걸어서 10분 떨어진 가게에서 100만 원짜리 가방이 99만 8천 원에 팔아도 2천 원을 아끼려 10분이나 걷지는 않을 것 같다. 똑같은 2천 원인데, 콩나물 아끼기는 잘한 행동인 것 같고 가방에서 2천 원 아끼는 것은 미련한 짓 같다. 똑똑한 척은 다 하면서 평소에 하는 행동은 조삼모사에 나오는 원숭이와 다를 바 없다.

뒤늦게 내려온 지름신

논어 위정 편에 보면 마흔 살이 되면 어떠한 유혹에도 흔들리지 않는다고 말했다. 어떠한 유혹에도 빠지지 않는 불혹이 되었건만, 마흔 살에 뒤늦게 패션과의 사랑에 빠졌다. 40년간 나는 패션 테러리스트였다. 어릴 때 옷은 사촌들로부터 물려받았다. 내 몸보다 훨씬 크고 유행이 지난 옷들을 물려 입다 보니, 시골 촌놈처럼 보인다고 친구들에게 놀림도 많이 받았다.

성인이 되면 옷을 저절로 잘 입게 될 줄 알았는데, 나이만 더 먹었지, 바뀐 것은 없었다. 뛰어난(?) 패션 센스 덕분에 대학생이 되어도 여자 친구가 생기지 않았고, 덕분에 학창 시절 내내 학업에 전념할 수 있었다. 고등학교 때 대학만 가면 여자 친구가 생긴다는 선생님 말씀은 거짓말이었다.

대학교 때 한 번은 옷에 신경 쓴다고 셔츠와 바지를 카키색으로 맞추어 입었는데, 친구들이 북한의 '김정일' 동무를 닮았다고 놀렸다. 서른 살이 되어 여자 친구 집에 처음 인사드리러 갈 때도 패션 센스는 한몫했다. 장모님은 예비 사위가 미국에서 유학한 친구라고 해서 포마드 머리에 양복을 입은 성격 까칠한 샌님이면 어떻게 하나 하고 걱정하고 있었는데, 시골에서 막 상경한 청년 같은 모습을 보시고 안심하셨다고 말했다. 장모님은 초면인 내게 이렇게 말씀하셨다.

"자네, 미국 유학이 아니라 시골에서 서울 유학 간 거 아닌가?"

주변 사람들로부터 옷 못 입는다고 온갖 수모를 받고도 40년간 잘 살아왔다. 그런데, 살아온 날이 앞으로 살아갈 날과 같아졌을 때 죽기 전에 한 번쯤은 옷을 잘 입어보고 싶다는 생각이 들었다. 결심과 동시에 바로 실행에 들어갔다. 집 근처 대형 문고에 가서 옷 잘 입는 방법과 관련된 서적을 모조리 구매했다. 패션 서적 20권을 일주일 동안 밑줄까지 치면서 모두 읽었다. 고등학교 때 이렇게 열심히 공부했다면, 서울대에 갔을 것이다. 책을 읽으면서 세상에는 정말 수많은 스타일이 있다는 것을 알게 되었다. 그중에서도 이탈리아 남부 지역 패션 스타일이 개인적으로 마음에 들었다.

그들의 패션을 따라잡기 위해 이탈리아 남성이 발행한 〈레옹〉이라는 패션 잡지를 정기 구독했다. 화보 속 이탈리아 남성들은 자신감이 넘쳐 보였다. 화보 속 그들은 항상 셔츠 단추를 4개씩 풀고 가슴 털을 보여줬다. 금목걸이를 하고 빨간색 컨버터블 스포츠카에 금발의 미녀들을 태우고 다녔다.

현실 속 나는 허리띠 4칸씩 풀고 똥배를 보여줬다. 딸아이가 만든 플라스틱 비즈 목걸이를 하고 빨간색 카시트가 있는 2007년식 세단에 흑발의 미녀들(아내, 딸들)을 태우고 다녔다. 화보를 보고 있으면 잠시나마 이탈리아 남성이 된 기분이 들었고, 한 번쯤은 그들처럼 살아 보고 싶었다.

잡지에 소개되는 옷과 신발, 시계 등은 모두 명품들이었는데, 말도 안 되는 가격이었다. 5억 원 상당의 스포츠카와 백만 원짜리 신발, 삼천만 원짜리 시계를 차고, 천만 원짜리 양복을 입고 있었다. 그들을 보면서 '어떻게 하면 이렇게 화려한 삶을 살 수 있을까'란 생각이 들었다.

우선은 부자가 되어야겠다는 생각을 했고 부자 되는 방법을 찾기 위해 서점으로 다시 향했다. 시중에서 팔리는 자기 계발서와 재테크 관련 베스트셀러를 모조리 사서 읽어보았다. 수많은 자기 계발서는 각자 다른 방식으로 성공 비법을 말하고 있었지만, 그들 말에는 공통점이 있었다. 그것은 바로 이미 부자라고 믿고 행동하면, 진짜 부자가 된다는 것이었다. 영어로 하자면, "Fake it till you make it"이다. 귀가 상당히 얇은 나는 'Fake it'을 하기 위해 총각 시절부터 가지고 있던 주식을 현금화했다. '오늘부터, 부자처럼 행동할 것이다'를 가슴 속에 되뇌면서, 카드 한도도 가능한 최대치로 올렸다. 이제 모든 준비가 끝났고 비장한 마음으로 롯데 백화점 명품관으로 향했다.

맨 처음 찾아간 매장은 '브리오니'라는 매장이었다. 쇼윈도에 진열된 양복을 보니 정말 잡지 화보 속 양복처럼 심장 떨리는 가격이었다. 심호흡을 가다듬고 화장실을 한 번 더 다녀온 후 매장을 들어가려 하는데 이상하게 발이 떨어지지 않았다. 말이 천만 원이지, 최저 시급이 만원이라고 가정했을 때 1,000시간을 일해야 입을 수 있는 옷이었다.

순간 이 돈으로 할 수 있는 일들이 머릿속을 빠르게 스쳐 지나갔다. 천만 원은 맛있는 짜장면 2,000그릇에 해당하는 돈이고, 돈 아낀다고 서점에서 서서 읽던 책을 700권 가까이 살 수 있는 금액이었다. 게다가 최근에 사랑하게 된 '깐풍 새우깡'을 매일 한 봉지씩 27년간 먹을 수 있을 만큼 큰 금액이었다. 짜장면 2,000그릇, 책 700권, 그리고 '깐풍 새우깡' 10,000봉지가 가져다줄 행복과 천만 원짜리 양복이 가져다줄 행복을 비교해 보았다. 머릿속에서 천사(절약신)와 악마(지름신)가 30분간 치고받고 싸우던 중에 매장 직원이 나를 보고 인사하러 나왔다.

"찾으시는 제품 있으세요?"

말끔하게 빗어 올린 포마드 머리에 몸에 딱 떨어지는 양복을 입고 있던 영업 사원이었다. 그의 기에 눌려 소심한 목소리로 그냥 구경하러 왔다고 기어들어 가는 목소리로 말했다. 매장에 들어왔는데 아무것도 구매하지 않고 그냥 나가기 뻘쭘해서, 가장 저렴해 보이는 넥타이를 집었다. 하지만, 후덜덜한 금액의 가격표를 보고 바로 내려놓았다. 그 넥타이는 평소 내가 매던 넥타이 20개와 동일한 가격이었다. 영업 사원에게 떨리는 목소리로 말했다.

"여기에는 제가 찾는 스타일이 없는 것 같아요."

자존심 때문에 너무 비싸다는 말은 차마 못 하겠고, 시뻘

게진 얼굴을 하고 후다닥 매장을 빠져나왔다. 매장을 나오는데 갑자기 이런 생각이 들었다.

'이렇게 계속 지질하게 살 거야? 변화를 원하는 것 아니었어?'

지금 삶이 딱히 불행한 건 아닌데, 갑자기 오기가 생겼다. 어느덧 악마의 분장을 한 지름신은 절약신을 감옥에 감금했고, 지름신의 손에 이끌려 '라르디니'라는 이탈리아 남성복 매장에 끌려 들어갔다. 영업 사원 손에 이끌려 신제품 몇 벌을 입어 보았고 정신을 차려 보니 손에는 쇼핑백이 들려있었다. 쇼핑백 안에는 신상 재킷과 바지, 구두가 담겨있었다. 단, 10분 만에 회사 다니던 시절 한 달 월급을 다 썼다.

이 일을 계기로 '절약신'은 죽고 '지름신'이 내 몸을 지배하기 시작했다. '지름신'은 오랫동안 감금되어 쌓였던 불만을 쇼핑으로 마음껏 분출했다. 옷 쇼핑을 많이 했더니 패션 테러리스트라는 소리는 안 듣게 되었다. 가끔은 옷 잘 입는다는 칭찬도 들었고 어디서 옷을 사냐는 소리까지 들었다. 예의상 말한 것일까?

옷을 사들이면서 풀리지 않는 의문 또한 생겼다. 일단 옷을 사면 기분은 좋은데, 좋은 기분이 오래가지 못했다. 한 달

정도 지나면 구매했던 옷이 지겨워졌다. 또 다른 제품을 사면 기분이 다시 좋아졌지만, 역시나 오래가지 못했다. 갈증이 나서 바닷물을 마셨더니 더 갈증이 나는 것처럼, 옷을 구매하면 할수록 옷에 대한 갈증이 더 심해졌다.

옷을 사기 위해서는 많은 돈이 필요했고, 돈을 구하기 위해서는 하기 싫은 일을 해야 했다. 며칠 가지 못할 기쁨을 위해 내 몸의 자유를 타인에게 바쳐야 했고, 자유가 없는 삶은 불행했다.

니체가 이렇게 말했다.

"하루의 3분의 2를 자기 마음대로 사용하지 못하는 사람은 노예다(Whoever does not have two-thirds of his day for himself, is a slave.)."

회사를 나오면서 노예에서 자유인이 되었다. 하루의 3분의 2를 내 마음대로 사용한다. 벌이가 줄어서 예전처럼 옷은 마음대로 못 사지만, 먹고 싶으면 먹고, 자고 싶으면 자고, 글 쓰고 싶으면 쓴다. 가끔 너무 옷이 사고 싶을 때가 오면, 당근마켓을 이용하거나 연말 70% 세일을 기다린다.

주변에서는 돈 걱정 안 되냐고 말하는데, 느긋한 성격 탓인지 그렇게 걱정되지 않는다. '설마 굶어 죽기야 하겠어?'라는 생각에 맘 편히 살고 있다. 돈이 떨어지면, 배달의 민족에서 음식을 배달하면 된다. 배달 중에 운동도 되고 심지어 돈까지 준다. 하루에 10건 배달하면, 5만 원이 생기니, 먹고 사는 데 지장은 없다. 이렇게 모든 것을 내려놓고 나니 마음이 편해졌다.

주부에게도 월급을 달라

우리는 현재 자본주의 사회에서 살고 있다. 자본주의 사회에서는 시장 참여 주체들이 재화(상품)와 서비스를 생산하고 돈을 매개로 교환한다. 그렇다 보니 돈의 거래가 없는 가정주부라는 역할은 자본주의 사회에서 그 가치가 폄하된다. 한마디로 돈 못 버는 역할이다 보니 천대받기 일쑤다.

"손주부, 집에서 살림 살면서 노니까 좋아?"

"손주부, 남들 일할 때 집에만 있으면 심심하지 않아?"

걱정해 주는 듯한 이 말속에는 '가정주부'라는 역할에 대한 폄하가 내포되어있다.

"집에 있으면 주부들이 그냥 마냥 노는 것 같지? 밥은 밥

솥이 해주고, 청소는 청소기가 하고, 빨래는 세탁기가 하고, 요리는 반찬 가게와 밀키트가 하니깐 말이야. 그러면 밥솥의 밥통은 누가 씻고, 청소기 필터는 누가 치우냐? 세탁물을 말리고 갠 다음 누가 서랍에 넣고, 반찬과 밀키트는 누가 사 오고, 설거지는 누가 하는데?"

"그러는 너는 회사에서 일하고 있는 거 맞아? 임원들이 혹할 현실성 전혀 없는 목표를 세우고, 소설 같은 기획서를 만든 후 일이 잘못되면 위에서 시키는 대로 했다고 책임을 떠넘기잖아. 말도 안 되는 일 시켜도 나 몰라라 하는 심정으로 그냥 닥치고 일하니까 좋아?"

이렇게 쏘아붙이고 싶었지만, 사회적 관계 유지를 위해 마음속으로만 외쳤다. 하긴, 나 역시 회사 다닐 때 세상에서 제일 부러운 직업이 가정주부라고 떠벌리고 다녔으니, 남들 보고 뭐라고 할 자격은 없다. 그들이 저렇게 말하는 것도 무지하기 때문이리라. 가정주부가 되어, 직접 살림을 살게 되면 생각이 바뀔 것이다.

가정주부 역시 가사도우미라는 타이틀을 달면 한 달에 최소 250만 원은 번다. 250만 원은 연변에서 오신 분들 기준이고, 한국 분들은 조금 더 받는다. 나처럼 토종 한국인에 아이들 학습도 도와주는 도우미는 최소 300만 원 이상도 번다. 게다가, 직장 일로 지친 아내를 위해 밤늦게까지 대화 상대도 되어 준다. 이처럼, 세상의 많은 주부들은 사랑하는 배우자와 아이들을 위해 이 모든 서비스를 무료로 제공하고 있다.

정부에서 가정주부들에게 매달 300만 원씩 지원금을 주었으면 좋겠다. 가정주부라는 역할이 자본주의 사회에서 떳떳하게 대우받았으면 좋겠다. 가정주부는 실제로 은행과 같은 금융권에 가면 무직으로 분류된다. 가정주부가 사회적으로 대우 받고, 회사에 나가지 않더라도 안정적으로 아이들을 키울 수 있다면, 저출산 문제도 자연스레 해결되지 않을까?

주부는 신용이 없어서 안 됩니다

사회 초년생이 입사하자마자 만들어야 할 것 중 하나가 마이너스 통장이다. 지금은 하나은행으로 바뀐 외환은행에서 마이너스 통장을 만들었다. 외환은행을 특별히 좋아했던 것은 아니다. 해외 출장이 잦은 상사를 대신하여 환전을 자주 하다 보니, 그곳 직원들과 친해지게 되었고, 그곳에서 마이너스 통장을 열게 되었다.

처음엔 마이너스 천만 원 한도의 통장이었는데, 결혼하고, 애 낳고 정신없이 살다 보니 어느덧 마이너스 한도가 5천만 원까지 늘어 있었다. 은행은 매달 이자가 들어오니 좋았고, 나 역시 미래의 월급을 당겨쓸 수 있어서 서로가 행복했다.

언젠가부터 통장이 플러스가 아니라 마이너스로 찍혀 있는 것이 당연하게 느껴졌다.

매달 회사로부터 받는 월급이 마이너스 통장으로 입금되기 때문에 매년 있는 신용 대출 연장 심사도 정말 간단했다. 매년 12월마다 하나은행 본점에서 전화 한 통화가 걸려 오는데 다음과 같은 질문을 한다.

"손주부님, 안녕하세요. 하나은행 본점 ××× 차장이라고 합니다. 지금 ×회사에 근무 중이신 거죠?"

"네, 맞습니다."

"감사합니다. 고객님. 고객님의 신용 대출이 자동 연장되셨습니다."

"네, 감사합니다."

1분도 안 되는 전화 통화만으로 매년 마이너스 통장의 생명은 연장되었다. 그리고 2020년 말에도 어김없이 은행 본점에서 전화가 왔다.

"손주부님, 안녕하세요. 하나은행 본점 ××× 차장이라고 합니다. 지금 ×회사에 근무 중이신 거죠?"

순간 고민이 되었다. '네 맞습니다'라고 대답하면, 신용 대출이 자동으로 연장될 것이고, '아니오'라고 대답하면 대출이 끊길 것 같았다. 하지만, 대출 연장 때문에 거짓말까지 하고 싶지 않았다.

"아니요. 2020년 6월에 퇴사했습니다."

이 말을 들은 차장은 순간 당황하더니, 다음과 같이 말했다.

"아, 그럼 다른 회사로 이직하셨군요?"

"아니요, 지금은 전업주부입니다. 그리고 부업으로 글을 쓰고 있습니다."

"네?………………"

10초 정도 정적이 흘렀다.

"아, 그러시군요. 그러시면 소득금액 증명을 하셔야 할 텐데……."

차장님의 말이 끝나기도 전에 나는 씩씩한 목소리로, 이렇게 말했다.

"작가로서 지금까지 번 돈은 100만 원이 채 안 되지만, 2022년에 책을 낼 계획입니다. 제 현재 신용등급이 1등급인데, 제 등급을 믿으시고 신용 대출 연장해 주시면 안 될까요?"

"죄송합니다. 고객님. 그런 식으로 신용 대출 연장은 어렵고요. 신용 대출을 개설하신 지점에 문의해 주세요."

순간 섭섭함과 속상함이 밀려왔다.

은행은 맨날 수많은 광고로 '당신의 친구'라고 말해왔는데, 정작 도움이 필요한 순간에는 '친구가 아닌 남'이 되어버렸다. 지푸라기라도 잡는 심정으로 개설 지점으로 연락했다. 예상대로 지점도 난감한 입장을 표했다.

"손주부님도 잘 아시겠지만, 저희가 회사 이름 보고 대출해 드린 거지, 고객님 신용 보고 대출해 드린 것은 아니거든요."

헛웃음이 나왔다. 내부 규정에 따라 일하는 은행 직원이랑 언성을 높여 보았자 서로 마음만 상할 뿐이니 그냥 수긍하고 전화를 끊었다. 그분의 입장도 이해는 되었다. 나처럼 유명하지도 않은 듣보잡 작가에게 신용 대출을 연장해 주었다가 나중에 부실 채권이라도 되면 본인 책임이기 때문이다.

얼마 전에 심심해서 내 필명을 검색 포털에서 검색해보았다. 다음 카카오에서는 '브런치 추천 작가 손주부'가 검색되었다. 그러나 네이버에서는 이런 검색 결과가 떴다.

'제안(?): 손두부로 검색하시겠습니까?'

이럴 수가! 나의 명성은 아직 손두부에 못 미친다. 전 세계 모든 검색엔진에서 '인기 작가 손주부'가 검색되는 날까지 오늘도 이렇게 글을 쓴다.

4장

가족을
내 몸과 같이 사랑하라

아끼면 똥 된다

두 딸은 과자를 너무 좋아한다. 건강을 위해 아내가 과자 섭취를 주 1회로 통제하기 때문에 아이들이 과자를 더욱 좋아하게 된 것 같다. 원래 하지 말라고 하면 더 하고 싶다. 법륜 스님이 어릴 때 책을 읽으면 부모님께 혼났다고 했다. '농사일을 도와야지, 왜 책을 읽냐'며 혼났다고 한다. 부모님이 하지 말라고 했더니, 더 하고 싶어져서 부모님 몰래 그렇게 많이 책을 읽었다고 한다. 법륜 스님의 일화에 힌트를 얻어서 집에서 공부를 못하게 막아볼까 생각했는데, 왠지 우리 집 아이들은 공부 못하게 하면 더 좋아할 것 같다.

과자 섭취를 통제하면 과자가 더 먹고 싶듯이, 채소 섭취를 통제하면 채소를 더 먹고 싶어 할 줄 알았는데, 아이들은 채소를 안 먹어도 된다며 더 좋아한다. 왜 우리 몸에 안 좋은 것들은 다들 달콤하고 맛있는 걸까? 채소가 과자보다 더 맛있었다면, 우리 몸에도 좋고 더 행복하게 살 수 있을 텐데 말이다.

한 배에서 나온 자식인데, 두 딸의 과자 취향은 매우 다르다. 첫째는 짭짤한 과자를 좋아하고 둘째는 달달한 과자를 좋아한다. 어찌 되었건 둘 다 모두 과자를 좋아한다. 애들 어릴 때 회사 일과 육아에 지치면, 캔 맥주에 치킨을 안주로 먹었다. 치킨이 없으면 치킨 맛 과자를 편의점에서 사서 먹었다. 아이들이 냄새를 맡고 내게 기어 오면, 아내 몰래 과자를 조금씩 먹였다. 말도 못 하는 어린 딸들이 과자를 한입 먹으면, 이렇게 맛있는 것을 지금까지 너 혼자 먹었냐는 듯한 표정을 지었다. 과자 한 조각에 너무 행복한 표정을 짓는 딸아이 얼굴을 보니 나 또한 행복해졌다. 10년이 지난 지금, 딸아이들이 여전히 과자에 열광하는 것을 보면 아내 몰래 과자 먹이던 시절이 생각난다. 그때와 달라진 것이 있다면, 아이들은 많이 컸고 나는 많이 늙었다.

딸들에게 과자를 사주고 나면 각자 과자를 대하는 자세가 다르다. 첫째는 과자를 받는 즉시 그 자리에서 모조리 먹어 치운다. 자신의 본능에 정말 충실하다. 배가 부르든 말든 일단 바로 먹어야 한다. 과자가 눈앞에 있는데 바로 못 먹게 하면 상당히 난폭해진다. 어쩜 그렇게 나를 쏙 빼닮았을까?

둘째는 과자를 사주면 아껴 먹는다. 너무 아껴서, 유통기한이 지난 과자가 집 안 구석구석에서 종종 발견된다. 강아지가 맘에 드는 물건을 뒷마당에 묻듯, 둘째는 사랑하는 과자를 바로 먹지 않고 비밀 장소에 숨겨 둔다. 그러고 나서 본인이 생각하는 특별한 날에 과자를 꺼내 먹는다. 과자도 그냥 먹지 않는다. 식탁을 깨끗이 치우고 식탁보를 깐 후, 본인이 좋아하는 그릇과 쟁반을 가져온다. 알록달록한 종이 냅킨도 챙긴다. 예쁘게 과자를 플레이팅 한 다음, 과자를 한 개씩 천천히 음미한다.

먹다 남은 과자는 아빠 눈에 보이지 않는 비밀 장소에 고이 숨겨 둔다. 물론 비밀 장소는 내가 이미 파악하고 있기에 딸아이가 학교 갔을 때 몰래 하나씩 꺼내어 먹는다. 딸을 너~~~무 사랑하기에 딸의 건강을 생각해서 남은 과자를 먹어 없애 준다.

예전에 《마시멜로 이야기》라는 책이 있었다. 책에 재미있는 실험이 소개되었는데 실험자가 피실험자인 어린 학생들에게 마시멜로를 주고 15분 동안 먹지 않고 있으면 돌아왔을 때 마시멜로를 두 배로 준다는 실험이었다. 실험 결과 15분 동안 잘 참았던 학생들이 나중에 사회적 성공을 이루었다는 내용이었다. 이 책을 읽고 나서 '아, 맞아 나는 좀 자기 자제력이 필요한 것 같아'라고 생각했던 기억이 난다.

하지만, 마시멜로 이야기에 대한 내 생각은 2010년 엄마의 갑작스러운 죽음을 통해 180도 바뀌었다. 엄마는 마시멜로를 바로 먹지 않고 15분 동안 참는 사람이었다. 마시멜로를 먹지 않고 평생 참고 또 참아서 63세가 되던 해에 정말 마시멜로를 많이 받았다.

가난한 집에 시집와서 사글셋방을 전전하다가 서울에 집도 사고 아들 장가도 보냈다. 이제 좀 살만해져서 태어나서 처음으로 해외여행도 다녀왔다. 여행 후 엄마는 평소처럼 건강 검진을 받으러 갔는데, 거짓말처럼 말기 위암이라는 진단을 받았다. 그리고 엄마는 드라마처럼 암 진단 3개월 만에 하늘나라로 갔다.

엄마의 죽음을 보면서 이런 생각이 들었다. '마시멜로를 더 받기 위해 평생을 기다렸는데, 마시멜로를 받자마자 죽으면 인생이 너무 허무한 것 아닌가?' '차라리 마시멜로를 바로 먹어 버린 사람이 죽어도 여한이 없지 않을까?'

요즘 젊은 욜로족들을 향해 걱정의 목소리를 보내는 분들이 많다. 걱정해 주시는 의도는 잘 알겠지만, 욜로족으로 살다 죽으면 여한은 없을 것 같다. 욜로족도 아무나 될 수 없는 것 같다. 어느 정도 돈에 해탈해야 욜로족의 길을 걸을 수 있지 않을까 하는 생각이 들었다.

돌이켜보니 마시멜로 더 받으려고 적성에도 맞지 않는 회사 생활을 15년이나 했다. 앞으로 15년만 더 참으면 퇴직하고 나서 마시멜로를 많이 받을 수 있다고 부장님이 말했다. 하지만, 마시멜로 더 받으려고 15년 더 참고 지내면 엄마처럼 일찍 죽을 것 같았다. 환갑이 되었을 때 마시멜로를 더 안 받아도 되니깐, 지금까지 모은 마시멜로부터 조금씩 음미하며 살고 싶다.

자기 인생을 살았으면

"신난다. 등교 개학이다!"

우리 아이들이 외친 소리가 아니라 살림 사는 내가 외친 소리다! 그간 방학이어서 아이들과 24시간 같이 생활해 왔다. 아이들과 같이 시간을 보내면 좋긴 한데, 체력적으로 힘든 것도 사실이었다. 하루 세 끼를 먹고 치우다 보면 어느덧 해가 지고 있었다. 아이들이 일찍 잠자리에 들면, 아내와 마주 보고 앉아서 맥주 한 캔 마시며, 이런저런 이야기라도 할 텐데, 아이들이 워낙 늦게 자기에 아이들보다 내가 먼저 잠드는 일이 많아졌다. 그런 일상이 쌓여 가자, 가끔은 독립된 공간에서 나만의 시간Me Time을 갖고 싶다는 마음이 생겼다.

그러던 찰나에 아이들이 개학해서 학교에 가기 시작한 것이었다.

혼자 있을 때 무엇을 하면 좋을지 이것저것 알아봤다. 예전에 배우다 그만둔 가죽 공예를 다시 시작해 볼 것인지 아니면 다른 언어를 배워 볼 것인지 알아보았다. 나라에서 실업자들에게 제공하는 '국민 배움 카드'라는 것도 만들었다. 배우고 싶은 강좌를 신청하면 국가에서 수강료 일부를 보전해 주고 수업을 들을 수 있었다. '집이 점점 낡아 가는데, 도배 장판 기술이나 배워 볼까?' 아니면 '가방 만드는 기술을 배워서 인터넷에서 팔아 볼까?' 이런 고민을 할 수 있다는 것 자체가 참 감사했다. 가난한 나라에서 태어났으면, 코로나 시기에 정말 힘들었을 것이다.

나만의 시간을 가질 수 있을 거라는 행복한 상상은 그리 오래가지 못했다. 학교 가정 통신문을 자세히 읽어보니 학년별로 주 2회만 등교하는데, 딸들의 등교 날짜가 겹치지 않은 것이었다. 첫째는 월요일, 화요일, 금요일에 등교하고 둘째는 수요일, 목요일, 금요일 등교였다.

'이럴 수가! 일이 준 게 아니라 더 늘어 버렸다.'

한 명이 등교하면, 나머지 한 명은 집에서 온라인 수업을 들었다. 아침에 등교하는 딸을 위해 밥 차려 주고, 머리 묶어 주고 준비물 챙기다 보면 정신이 없다. 여자 머리 묶는 법을 몰라서 아내에게 배우고 유튜브 동영상도 보고 익혔다. 이젠 머리 묶는 것쯤 눈감고도 하지만, 처음엔 잘 묶지 못해서, 딸아이는 매일 지저분하게 머리를 묶고 학교에 갔다. 감사하게도 담임선생님께서 딸들의 '조선시대 백정' 같은 머리를 보고 아침마다 다시 묶어 주셨다. 딸들은 선생님이 직접 다시 묶어 주는 것이 좋았나 보다.

"아빠, 엄마가 머리 묶어 준 날에는 선생님이 아무 말씀 안 하시는데, 아빠가 묶어 준 날에는 선생님이 꼭 다시 묶어 주셔! 앞으로 아빠가 계속 머리 묶어줘!"

첫째 딸을 학교에 바래다주고 집에 오면 온라인 화상 수업하는 둘째 딸을 위해 컴퓨터를 켜고 화상 카메라와 마이크를 연결해 주어야 한다. 3학년 딸아이가 화상 수업을 들으면, 나는 멀찍이 떨어져 노트북으로 글을 쓴다.

그러던 어느 날 딸아이의 수학 수업 시간이었다. 두 자릿수 곱셈을 계산하는 수업이었다. 예컨대 선생님께서 '39×47을 한번 풀어 보세요' 하고 시간을 준 다음, 문제를 풀 사람을 지목하는 방식의 수업이었다. 제대로 못 풀면 아이들 앞에서 쪽팔림이 예약된 수업이었다.

초등학교 3학년 학생이라면, 처음 접하는 두 자릿수 곱셈이기에 아이들이 대부분 힘들어할 것으로 생각했다. 그런데 웬걸, 선생님이 지목한 아이들은 모두 미리 선행 학습이라도 한 것처럼 빠르고 정확하게 척척 잘 풀어내었다. 선행 학습을 한 적이 없는 딸아이는 아직 열심히 고개를 숙이고 풀고 있는데, 여기저기서 "선생님 다 풀었어요"라는 소리가 들려왔다. 선생님이 딸아이를 시킬까 봐 마음이 두근거렸다. 딸아이의 쪽팔림 방지를 위해 무의식적으로 전자계산기를 꺼내 들었고 미리 정답을 계산하고 있는 날 발견했다. 다행히 선생님은 딸아이를 지목하지 않았고, 선생님은 문제를 못 푼 친구들은 집에서 복습해 보라고 했다.

1980년대에 초등학교 다닐 때만 해도 지금처럼 선행 학습을 하던 친구는 없었다. 수업이 끝나면 운동장에서 어둑어둑해질 때까지 축구를 하고 놀았다. 같은 반 여자아이들은 나무 밑에서 고무줄을 하거나 공기 놀이를 했다. 학원이라 해봤자 남자는 태권도 학원, 여자는 피아노 학원 정도였다. 정말, 자녀 교육에 신경 쓰는 엄마들은 공문 수학 학습지에 주산 학원 정도까지 보냈다.

요즘 딸아이 친구들을 보면 초등학교 1학년 때부터 수많은 학원에 다닌다. 하교 시간이 되면 노란색 학원 버스들이 아이들을 픽업하기 위해 문전성시를 이룬다. 하교와 동시에 학원으로 납치된(?) 아이들은 엄마, 아빠가 퇴근하는 늦은 시간까지 학원에서 시간을 보낸다. 저녁은 근처 편의점에서 삼각김밥이나 컵라면으로 때운다.

사교육이 판치는 세상에서 감사하게도 아내는 나와 같은 교육 철학을 갖고 있다. 공부는 억지로 하는 것이 아니라, 때 되면 본인이 알아서 하는 것이라 믿고 있다. 예전에 아이가 원해서 영어학원에 보낸 적이 있다. 학원 첫째 날, 딸아이는 숙제가 너무 많다며 학원 중단 의사를 밝혔고, 우리 부부는 딸의 의사를 존중하여, 다음날 바로 해지했다.

가끔은 이렇게 자유롭게 아이들을 키우는 것이 맞는지 헷갈릴 때도 많다. 부모님의 강요로 학원을 열심히 다닌 학생이 나중에 의대에 진학하고 부모님께 감사 표시를 했다는 말을 들을 때 특히 그렇다. 자유롭게 키웠더니 나중에 "어릴 때 공부 좀 열심히 시키지 왜 안 시켰냐?"며 부모에게 화를 냈다는 말을 들을 때도 그렇다.

나중에 부모를 원망할지언정 딸들은 본인이 자기 인생을

결정하고 책임지는 인생을 살았으면 좋겠다. 부모가 정해주는 삶을 살다 보면 선택에 대한 책임을 지지 않아도 되니 편할지 모르지만, 어느 순간 인생이 허무해진다. 내가 그랬으니까 누구보다 잘 안다. 죽이 되든 밥이 되든 자기 인생은 자기 뜻대로 살았으면 좋겠다.

자기 스스로 선택하고 주도하는 삶을 살게 하면 가끔 딸아이들로부터 마음에 상처받는 일이 생기기도 한다. 얼마 전 딸아이의 가방이 무거운 것 같아 도와주려고 했다가 이런 소리를 들었다.

"(시크한 눈으로 쳐다보면서) 아빠, 괜찮아. 내가 알아서 할게."

초등학교 저학년 딸에게 이런 이야기를 들으니, 기특하기도 하면서 마음이 조금 아프다. 아직 내 눈에는 맘마 먹던 아기로 보이는데 벌써 많이 자랐다. "나중에 커서 아빠와 결혼할 거야!" 하고 외치던 귀염둥이들은 다 어디로 가고 시크한 딸들만 남았다.

"너 같은 자식 낳아서 똑같이 당해 봐"라고 말씀하시던 엄마가 생생히 떠오르는 요즘이다.

반찬 투정하는 딸들 버릇 고치기

주부로 사니 시간이 정말 잘 간다. 별로 한 것도 없는 것 같은데 어느덧 저녁 식사를 준비할 시간이다. 게다가 회사에서 10년 넘게 정신적 노동에 시달리다가 집에서 육체적 노동을 하니 너무 행복하다. 회사에서는 프로젝트가 끝날 때까지, 상사의 잔소리를 계속 들어야 하는데, 집에서는 설거지가 좀 쌓이고 집이 더러워져도 잔소리하는 사람이 없다. 심지어 아내는 양말도 뒤집어 벗지 않고 집안일도 잘 도와준다. 최고의 배우자다!

회사에서 일하는 것보다 살림 사는 것을 더 선호함에도 불구하고 살림하기 싫을 때가 있다. 그것은 바로 아이들 밥 차려 주기다. 아내와 달리 아이들은 너무 정직해서 음식이 맛이 없으면 맛이 없다고 말한다. 회사에서는 분기에 한 번씩 평가가 있지만, 나는 매 끼니 마다 음식 평론가들(딸아이들)로부터 평가를 받아야 한다.

음식 평론가의 입장에서 맛없는 음식을 먹었으면, 맛이 없다고 말하는 것이 당연한데, 힘들게 만든 음식이 나쁜 평가를 받으면 기분이 안 좋아진다. 음식에 대한 평가가 나에 대한 평가로 느껴져서, 나쁜 평가를 받으면 비난받는 듯한 기분이 든다.

주는 대로 맛있다고 잘 먹어 주는 아내와 달리 두 딸은 입이 까다롭다. 접시가 마음에 들지 않거나, 한 입 먹었을 때 조금만 맛이 이상해도 수저를 내려놓고 밥을 먹지 않는다. 예컨대, 딸아이들이 배고프다고 해서 라면을 끓여주었는데, 면이 조금이라도 불어 있으면 맛이 없다고 타박한다.

한 시간 동안 열심히 낑낑대면서 만든 요리가 두 딸에게 외면받을 때의 심정은 말로 표현할 수 없다. 게다가 남은 음식은 아까워서 버리지도 못하고 다음 끼니때 내가 처리하는 경우가 많다. 본의 아니게 음식물 쓰레기통이 된 듯한 기분이 든다. 어떻게 하면 아이들이 음식을 남기지 않고 맛있게 잘 먹을 수 있을까 고민하다가 행동 경제학의 '이케아 효과IKEA effect'를 써보기로 결심했다.

'이케아 효과'란 자신의 노동력이 투입된 결과물에 사람들이 더 높은 가치를 매긴다는 이론이다. 이케아 가구를 조립해 본 사람들은 느꼈을 것이다. 몇 시간 걸려 힘들게 가구를 완성한 순간 드는 성취감을 말이다. 똑같은 10만 원짜리 가구일지라도 중국산 완제품 가구 보다 나의 노동력이 투입된 이케아 조립식 가구가 더 정이 간다.

다시 아이들 밥 차리기 이야기로 돌아와서, 음식을 하기 귀찮은 날에는 아이들이 직접 만들어 먹을 수 있도록 김밥 재료를 준비한다. 냉장고에 남아 있는 음식들을 대충 식탁 위에 꺼내 놓고 추가로 김, 계란지단, 단무지만 꺼내 놓으면 준비가 끝난다. 재료를 예쁜 접시 위에 담아 놓고 아이들을 부르면, 아이들은 일회용 비닐장갑을 끼고 신나서 스스로 김밥을 만들어 먹는다. 아빠가 열심히 말아준 김밥보다 자기가 스스로 만든 김밥을 더 맛있게 먹는다. 난 힘들게 요리를 안 해도 되니 좋고, 아이들은 직접 만들어 먹는 재미가 좋다.

이케아 효과를 진화 심리학적으로 설명하는 학자들도 있다. 먼 옛날 우리가 원시인이던 시절 힘들게 잡은 먹이(노동력이 투입된 결과물)는 맛이 좀 떨어지더라도 맛있게 먹었기 때문에 지금 인류가 살아남을 수 있었다고 설명한다.

앞으로도 내가 직접 요리하기보다는 아이들을 주방 일에 더 많이 투입 시키는 착한 주부가 되어야겠다는 생각이 들었다. 나는 요리 안 해서 좋고 아이들은 더 맛있게 먹을 수 있어 좋으니 일거양득이다.

점심 하기 싫어서 끓여준 라면

살림을 살다 보면 요리가 정말 하기 싫은 날이 있다. (매일 그런가?) 금요일이 그렇다. 회사 다닐 때도 그랬지만 주부가 된 이후에도 금요일 오후는 괜스레 일하기 싫어진다. 그날따라 요리하고 설거지하는 것이 너무 귀찮게 느껴져 딸아이들에게 평소에는 잘 안 끓여주는 '너구리'(라면의 한 종류, 동물 아님)를 끓여주었다.

"아빠! 대박 맛있어! 너무 행복해! 오늘 최고로 기분 좋아!"

요리하기 귀찮아서 라면을 끓여주었는데 반응이 너무 좋다. 한 시간 동안 공들여 만든 음식보다 3분짜리 라면이 아이들에게는 더 인기가 있다. 허무하다. 생각해보니 인생도 그런 것 같다. 그간 살아온 인생을 돌이켜보니, 노력과 결과가 항상 일치하지는 않았다. 신입 사원 때 노력을 많이 들이지 않았는데도 불구하고 일이 잘 풀린 적이 있다.

미국에서 학업을 마치고 한국에 들어와서 취직했는데, 회사는 현장 경험을 쌓으라며 충청도 소재의 한 도시로 발령을 내었다. 입사하면 잘 다려진 네이비색 양복을 입고 검은색 캐리어를 끌며 해외 출장만 다닐 줄 알았는데, 맨 처음 주어진 업무는 시골 마을의 슈퍼마켓 관리 업무였다.

업무가 어려웠던 건 아니지만, 하루 종일 육체노동을 해야 했다. 회사 제품을 홍보하기 위한 광고물을 깨끗이 관리하고 우리 제품이 더 잘 보이도록 진열해야 했다. 내 강점인 영어는 쓰지도 못했고, 퇴근 후에는 나보다 열 살에서 스무 살 정도 많은 선배들과 밤늦게까지 술을 마셔야 했다. 선배들의 대부분은 기러기 아빠였기에 매일 밤 술 먹는 낙으로 사시는 분 들이 많았다.

이렇게 1년을 지내면 건강도 해치고 영어도 다 까먹을 것만 같았다. 그래서 아이디어를 내었다. 지점장님께 부탁해서 오후 6시부터 8시까지 마을 사람들을 위한 무료 영어 교실을 열자고 제안했다. 본래 목적은 술 마시기 싫어서 벌인 일인데, 생각보다 동네 사람들이 많이 모였다. 심지어, 영어 교실을 통해 지역사회와 상생하는 데에 기여했다면서, 회사로부터 표창까지 받았다. 상을 받으면서도 '이걸 내가 받아도 되나?' 하는 생각을 했고, 불순한 의도를 들킬까 봐 가슴이 조마조마했다.

러시아 공장에서 관리팀장으로 일할 때도 노력과 결과는 일치하지 않는다는 경험을 했다. 함께 일하던 직원 중에 굉장히 스마트하고 일 잘하는 러시아 직원이 있었다. 그는 러시아 유수 대학을 졸업했고 영어도 잘하는 엘리트였다. 하지만, 한국이 아니라 러시아에 태어났다는 이유만으로 한 달에 백만 원 정도 되는 월급을 받았다. 당시 모스크바 대졸 직원의 평균 월급이 백만 원 정도 되었기 때문이다. 솔직히 내가 그보다 영어를 잘하는 것도 아니고 일을 잘하는 것도 아니었으며, 얼굴이 잘생긴 것도 아니었다. 다만 러시아가 아닌 한국에서 태어나 한국 기업에 취직했고, 그 기업이 만든 러시아 공장에 일하게 되었다는 것뿐이었다.

한 시간에 걸쳐 만든 집밥에는 시큰퉁하면서, 3분 만에 완성한 라면에 너무 행복해하는 아이들을 보면서, '확, 맨날 라면만 끓여줘 볼까 보다. 그래야, 아빠가 만든 집밥을 고마워하지!' 하고 생각해 본다. 다시 생각해보니 우리 애들은 맨날 라면을 먹어도 좋아할 것 같다.

오춘기 아내와 사춘기 딸

아내가 이상해졌다. 얼마 전에는 미용실에 가서 머리를 밝은 노란색으로 염색하더니, 요즘에는 20대 초반 여자들이 주로 가는 쇼핑몰에 매일 방문한다. 그곳에서 아내는 20대 여성이 입을 법한 옷들을 장바구니에 마구 담는다. 아내의 지름신 덕분에 택배 아저씨는 매일 우리 집을 방문했다. 택배 아저씨는 어느덧 내 얼굴을 알아 버렸고, 밖에서 만나면 직접 소포를 건네주신다.

아내는 두 딸과 머리를 맞대고 바닥에 엎드려 어떤 코디가 서로에게 잘 어울릴지 토론하고 있다. 주말만 되면 세 명의 여자들은 방바닥에 철버덕 둘러앉아 네일을 칠하고 수다를

떤다. 소외당하는 기분이 싫어서 같이 껴 본다.

"딸, 아빠도 발톱에 빨간색으로 칠해 줘."

손톱에 빨간색 매니큐어를 바르고 밖에 돌아다니면 변태 취급당할까 봐 손톱에는 차마 바르지 못하겠다. 발톱쯤이야 양말 신고 운동화까지 신으면 안보이니 아이들에게 기꺼이 발을 내어 준다. 아이들은 함성을 지르며 신나게 아빠의 발톱을 빨간색으로 칠한다. 아빠 발톱은 커서 바르기 쉽다며 좋아한다. 인간 컬러링 북이 된 기분이 든다.

친구 따라 강남 간다고 얼마 전에 친한 동생도 사표를 내고 직장을 나왔다. 그 동생은 오랜 회사 생활로 인해 병을 얻었고 어느 날 새벽 가슴 통증으로 응급실에 실려 갔다. 앰뷸런스 안에서 이런 생각을 했다고 한다.

'이렇게 살다 가는 아이들이 다 자라기도 전에 죽겠구나.'

병원에서 퇴원하던 날 그 동생은 사표를 던졌다. 사표를 던진 날, 동생 집에서는 난리가 났다. 제수씨는 앞으로 뭐 먹고 살 거냐고 동생을 몰아붙였고, 사표를 던진 이후 매일 바가지를 긁었다. 갑자기 내가 사표 낸다고 아내에게 말했을 때 아내가 어떻게 말했는지 떠올렸다. 아내는 이렇게 말했다. 그것도 굉장히 차분하고 안정된 얼굴을 하고 말이다.

"자기 뜻대로 하세요."

'자기 뜻대로 하세요.' 뒤에 숨어 있는 말이 무슨 뜻인지 잘 생각해보았다. "자기 뜻대로 하세요(관두기만 해 봐)"인지 "자기 뜻대로 하세요(당신을 믿어요)"인지 헷갈렸다. 며칠 동안 고민한 후 나는 '당신을 믿어요'라고 믿기로 했다.

내가 사표를 내고 집에서 살림 살기 시작한 시점부터 아내는 평소보다 더 외모에 치중하기 시작했다. 사표 낸 시점부터 이런 변화가 오니 조바심이 났다.

'아내에게 남자라도 생긴 건가?'

며칠 뒤 아내와의 대화를 통해 외모에 치중하게 된 이유를 알게 되었다. 퇴사하고 살림 산 지 얼마 되지 않았을 때, 가족 여행 사진을 정리하고 있었다. 조용히 아내가 다가와 사진을 보며 말했다.

"자기야, 우리 여행 참 많이 다녔다. 그런데, 아이들 사진만 있고 우리 사진은 별로 찍은 게 없네."

아이들이 태어나고 세상의 중심이 우리에서 아이들로 바뀌었다. 다른 부부들처럼 우리 부부의 일상도 아이들 위주로 돌아갔다. 여행지를 정할 때도, 식당에서 음식을 고를 때도 어느 곳에서 살지 선택할 때도 아이들을 먼저 고려했다. 10

년이 넘는 결혼 생활 기간 동안 우리 부부는 자신을 지우고 아이들 위주로 살았다. 마흔이 넘고 오십을 향해 달려가던 어느 날 정신을 차려 보니 우리 부부는 누구 엄마, 누구 아빠로 살고 있었다.

생각해보니 결혼 전 아내는 꾸미는 것을 참 좋아하던 사람이었다. 미용실에 자주 가서 머리를 하고 눈썹을 정리했으며, 네일 숍에 가서 관리를 받았다. 비혼주의자였던 아내는 우연히 나를 만나 사랑에 빠졌고 연애 3개월 만에 결혼했다. 결혼하자마자 아이가 생겼고 아내는 그때부터 꾸미는 일을 멈추게 되었다. 뱃속 아이에게 영향을 줄까 봐 미용실부터 끊었다. 파마약에 들어있는 화학 물질이 아이에게 악영향을 끼칠까 봐 선택한 결정이었다.

아내는 처녀일 때 요리를 거의 하지 않았다고 말했다. 주로 밖에서 동료들과 저녁을 사 먹었고 아침은 먹지 않았다. 하지만, 결혼 후에 아내는 요리할 일이 부쩍 늘었다. 아이들 이유식도 준비해야 했고 생활비를 아끼기 위해 사 먹기보다는 직접 요리를 했다. 요리를 많이 하다 보니 네일 숍에 가는 것도 점점 미루게 되었다. 매니큐어가 아이들이 먹을 음식에 들어갈 수도 있어서 걱정되었던 모양이다.

아이들이 태어난 후 아내는 본인 옷도 자주 사지 않았고 아이들 옷과 인형을 사는 것에 우선순위를 두었다. 자기 옷도 사고 싶었지만, 아이들을 위해 양보하는 것 같았다. 어느덧 두 딸은 많이 자랐고 혼자서 많은 것들을 할 수 있게 되었다. 혼자 밥도 잘 먹고, 화장실도 갈 수 있고 목욕도 혼자 할 수 있게 되었다. 아이들이 어느 정도 자라자 아내는 누구누구의 엄마에서 원래 모습으로 돌아가고 싶었던 것 같다.

얼마 전 아버지를 모시고 오랜만에 목욕탕에 갔다. 오랜만에 체중계에서 몸무게를 쟀는데 요즘 집에서 과자를 많이 먹은 탓인지 몸무게가 부쩍 늘었다. 안경과 옷을 다 벗고 아버지와 같이 목욕탕 쪽으로 걸어갔다. 그때 아버지가 황당한 표정으로 날 보시며 말씀하셨다.

"너 발톱이 왜 그 모양이냐?"

'앗, 빨간색 매니큐어 지우는 것 깜빡했다.'

개, 고양이, 그리고 나

개는 수만 년 전 회색 늑대가 가축화되면서 시작되었다. 구석기시대 인류는 수렵과 채집을 통해 생계를 유지하고 있었다. 필자가 직장 생활이 힘들어서 회사를 관두었듯이, 구석기시대 인류도 사냥하는 것이 점점 귀찮아졌다. 나이 먹으니 몸도 예전 같지 않고 달리기가 느려지니 사냥감을 놓치기 일쑤였다. 그냥 집으로 돌아가자니 토끼 같은 자식들이 떠올랐고, 사냥감 못 잡아 오면 오늘 집에 들어오지 말라는 무서운 아내의 모습이 떠올라 빈손으로 돌아갈 수도 없었다.

"아, 오늘따라 사냥하기 진짜 싫네. 누가 나 대신 사냥 좀 해서 갖다줬으면 좋겠다."

사냥하기 싫어하는 인류가 찾아낸 것은 다름 아닌 회색 늑대였다. 다 자란 회색 늑대는 인간과 어울려 지내기 굉장히 힘들지만, 생후 20일 전에 사람의 손을 탄 늑대들은 사람과 잘 지내게 된다는 것을 인류는 알아냈다. 1년 정도 지나면 늑대는 거의 성인 개체로 자라게 되는데 이 중 난폭한 야생성이 발현되는 늑대들은 인류에게 살해되어 고기와 가죽으로 쓰였고, 인류와 잘 어울려 지내는 늑대들은 살아남아 함께 사냥하며 인간의 보살핌을 받게 되었다.

구석기시대 이후 신석기시대부터 인류는 개를 이용한 수렵 활동도 귀찮아서 농사를 짓고 한곳에 정착해서 살기 시작했다. 부족한 단백질은 돼지, 양, 염소 등을 가축화하여서 보충했다.

농사를 짓고 곡물이 쌓이자 인류에게 또 다른 고민거리가 생겨났다. 겨울을 나기 위해 가을에 추수한 곡식들을 창고에 저장해 놓으면 쥐들이 나타나 갉아 먹은 것이다. 이를 그냥 좌시할 수 없었던 인류는 쥐의 천적인 야생 고양이를 데려다 키우기 시작했다. 곡식 저장 창고에 고양이들을 키웠더니, 고양이는 쥐를 맘껏 먹을 수 있어 좋았고 인류는 곡식을 보호할 수 있어 좋았다. 인류와 고양이는 이때부터 공생 관계에

접어들었다. 개는 사냥을 돕고 고양이는 곡식을 지켜 줌으로써 인류의 동반자가 되었다.

강씨 집안의 귀하디귀한 셋째 딸이었던 아내는 졸업 후 바로 취업하고 혼자서 행복하게 잘 지내고 있었다. 큰돈은 못 벌어도 안정된 직장을 다니며, 먹고 싶은 음식이 있으면 사 먹었다. 여행 가고 싶은 곳이 있으면 갔고, 사고 싶은 것이 있으면 샀다. 주기적으로 부모님께 용돈을 드렸고 혼자서도 행복한 나날을 보내고 있었다. 하지만 서른 살이 넘어가자 주변 사람들이 그녀를 귀찮게 하기 시작했다.

"왜, 결혼 아직 안 하는 거야? 사귀는 남자는 있고? 언제 결혼할 생각이야?"

관심이라는 이름 아래에 타인들은 그녀의 삶의 방식을 간섭하기 시작했다. 어느 날 그녀는 집에 가서 부모님께 이렇게 말씀드렸다.

"저는 결혼 생각이 없습니다. 앞으로 혼자 살 거예요. 그러니까, 앞으로 제 앞에서 '결혼'이라는 단어는 안 꺼내셨으면 좋겠습니다."

그녀는 돌아오는 서울행 고속버스 안에서 앞으로도 혼자 행복하게 잘 살 거라고 다짐했다. 그랬던 그녀는 얼마 지나지 않아 직장 선배의 강압(?)에 못 이겨 생애 마지막 소개팅을 하게 된다. 그리고, 그 소개팅 자리에서 인생의 반려자를 만나게 된다. 본인의 이상형과는 안드로메다만큼 먼 얼굴이었지만, 저음의 말투와 친절한 매너에 마음을 뺏기고 말았다. 만난 지 3개월 만에 그녀는 프러포즈를 받았고 4개월이 되던 날 결혼을 했다.

개나 고양이가 인류에게 도움을 주고받으며, 동반자 관계를 유지할 수 있었듯이 결혼제도도 어찌 보면 남녀 모두에게 서로 도움이 되기에 생겨난 제도일 것이다. 사랑이든, 돈이든, 가사 분담이든 어떠한 형태가 되었건 간에 남녀는 서로 돕고 또 도움을 받으며 산다.

그렇게 서로 돕고 도움받는 동반자 관계가 우리 집에서 서서히 금이 가기 시작했다. 집안의 가장으로써 돈을 벌어 오던 나는 퇴사 후 전업주부가 되었고, 한편으로 작가가 되었다. 한 달에 벌어 오는 원고료는 치킨 몇 마리 값에 불과했다. 돈은 많이 못 벌어와도 살림이라도 살면서 동반자 관계를 간간이 유지하고 있었는데, 다 나은 줄 알았던 허리의 통증이 다시 시작되면서 집안일도 못 하고 주로 누워 있게 되었다.

요즘에 키우는 고양이나 개들은 귀엽기라도 하지, 마흔이 넘어가면서 주름이 생기고 배도 나온 사십 대 아저씨는 전혀 귀엽지 않았다. 흉측한 외모와 ET를 닮은 몸은 아내의 정신 건강에 심각한 손상을 주었다. 주는 것 없이 아내로부터 받기만 하는 관계에 있다 보니 조만간 아내에게 숙청당하지나 않을까 걱정되는 요즘이다.

사랑의 정의

극락조(실내식물) 잎의 먼지를 닦다가, 사랑이란 무엇일까를 생각해보았다. 원래 식물 키우기에 소질이 없어서 선인장도 죽이던 사람이었다. 그런데, 이번에는 달랐다. 극락조에게 사랑을 주기 시작하자 그에 화답이라도 하듯 무럭무럭 잘 자라고 있다. 흙이 마르면 물을 주고 영양제를 뿌려준다. 그리고 커다란 잎에 먼지라도 앉으면, 마른걸레로 조심스레 먼지를 닦아 준다.

이런 나의 모습을 보면서 '사랑은 내가 가진 것을 대가 없이 주는 것이 아닐까?'란 생각을 해보았다. 나는 극락조에게 바라는 것이 없다. 그냥 바라보는 것만으로 극락조가 좋아서 시간을 내어 물도 주고 잎도 닦아준다. 이기주 작가의 《사랑은 내 시간을 기꺼이 건네주는 것이다》에서 사랑이란 무엇인지 그의 생각을 엿볼 수 있었다.

연애하던 시절 여자 친구(아내)가 보고 싶다고 말하면, 아무리 늦은 밤이라도 시간을 내어 달려갔다. 보통 밤 10시에 회사에서 퇴근하면 피곤했을 법도 한데, 차량 정체로 악명높은 동부 간선 도로를 한 시간 동안 운전해서 기어이 얼굴을 보러 갔다. 지금 돌이켜 생각해보면 그렇게 시간과 힘을 쏟으며 아내를 보러 갔던 나 자신이 참 대단하게 느껴진다. 그녀를 사랑하지 않았다면, 그냥 집에 가서 발 닦고 침대에 누워 유튜브나 봤을 것 같다.

아버지들은 대부분 돈 벌러 회사 가기를 싫어한다. 어릴 때는 몰랐는데, 아버지의 나이가 되고 알게 되었다. 그럼에도 불구하고 열심히 회사를 다니고 있는 것은 가족을 사랑하고 있기 때문이다. 자신의 시간과 자유를 회사에 희생함으로써 가족들을 먹여 살릴 돈을 벌어 온다. 직장 생활은 무뚝뚝한 아버지의 사랑 표현 방식이다.

여자 아이돌 그룹 '레드벨벳'을 사랑하는 딸아이는 자신의 시간과 돈을 준다. 딸아이는 용돈을 받는 족족 아이돌 사진과 앨범을 사는데 모두 써버린다. 한정판 굿즈(기념품)를 사기 위해 시간을 들여 줄을 서기도 하고, 사진 한 장에 5천 원씩이나 하는데, 기꺼이 자기 용돈을 쓰는 딸아이를 보면서 레드벨벳을 열렬히 사랑하고 있음을 느낀다. 이들에게 관심 없는 나는 레드벨벳에게 돈과 시간을 쓰지 않는다.

얼마 전 마흔 살 넘은 아들이 허리가 아프다는 이야기를 들으시고 아버지는 기꺼이 자신의 시간을 들여 대전에서 서울까지 올라오셨다. 아버지는 혹시라도 퇴사한 아들이 돈 걱정 때문에 병원이라도 못 갈까 봐 도수 치료 꼭 받으라면서 돈 봉투를 기어이 손에 쥐어주고 가신다. 돌아가는 아버지의 뒷모습에서 무뚝뚝하지만 깊은 아버지의 사랑을 느꼈다. 그리고, 얼마 뒤 거짓말처럼 아버지의 사랑을 받아 허리 통증이 사라졌다.

돌이켜보니 그간 나는 말로만 가족들에게 사랑한다고 말했던 것 같다. 사랑하는 아내와 가족을 위해 시간을 쓰는 것이 아까웠던지 배달 음식을 애용했고, '아빠가 빨래를 개고 나면 서랍장에는 너희들이 좀 넣으라'고 초등학생 딸아이들을 다그쳤다.

친구들에게는 보고 싶다며 언제 한번 소주 한 잔 하자고 말로만 했다. 정말 그들을 사랑하고 아낀다면 먼저 연락하고 친구 집 근처 술집에서 기다렸을 텐데 말이다. 코로나 혹은 육아 때문에 만나기 힘들다는 핑계를 대면서, 말로만 친구들을 사랑했던 것 같다.

그래서, 소중한 '시간과 돈'을 들여 글을 읽어주시는 여러분이 너무 감사하다. 여러분 덕분에 너무 행복하다.

내 피부는 소중하니까

얼마 전 세수를 하다가 눈썹 바로 옆에 점이 생겼음을 발견했다. 매일 아침 세수해도 거울을 보지 않다 보니 점이 생겼는지도 몰랐다. 사나이가 점 따위에 피부과에 갈 일은 없지만, 점이 크기도 크고 살짝 부풀어 올라 있어서 사마귀 같은 느낌이 들었다. 걱정이 되어 인터넷으로 검색해보니, 사마귀 점은 전염성이 있다는 것이다! 결혼도 안 하고 혼자서 독거노인처럼 생활하고 있었으면 피부과에 가지 않았겠지만, 아내와 아이들에게 옮길 수도 있겠다는 생각이 들자 바로 점을 제거해야겠다는 생각이 들었다. 바로 컴퓨터를 켜고 근처 피부과를 폭풍 검색했다.

평소에는 아무 생각 없이 걷던 거리였는데 검색해보니 동네 큰길 따라 위치한 피부과가 많았다. 피부과가 너무 많아서 선택 장애에 빠졌고, 일단 리뷰 수가 100개 이상 되는 곳들을 몇 군데 추려 보았다. 그중에서 리뷰 수가 가장 많은 피부과의 홈페이지에 들어가 보았다. 홈페이지에서는 다음과 같은 배너광고를 하고 있었다.

"최신 엑셀브이레이저를 활용하여, 통증이 없고 치료 후 바로 일상생활 가능합니다."

'음, 엑셀브이레이저라고? 뭔지 몰라도 좋아 보이는군.'

피부과 장비는 관심도 없고 잘 몰랐는데, 장비들을 찾아 공부하는 데 시간을 보내고 싶지 않아서 리뷰 수가 많았던 피부과에 바로 전화했다. 간호사 언니가 전화를 받았고, 가장 빠른 날로 예약하고 싶다고 말했더니, 지금 바로 오라고 한다.

'음… 인기 있는 병원이면 예약 대기자가 많아야 할 터인데, 바로 오라고?'

이 병원의 실력이 살짝 의심 가긴 했지만, 좋은 쪽으로 생각하기로 했다. 원래 예약자가 많은데, 오늘 갑자기 예약자가 펑크를 내서 운이 좋은 거라고.

병원에 도착해서 들어가 보니 진료받기가 살짝 두려워졌

다. 인기 많은 피부과치고는 병원이 너무 작았고 내부 시설은 낡아 있었으며, 굉장히 오래되어 보였다. 레이저 장비는 최신식 장비가 아닌 건설 현장 철근 절단용 장비처럼 투박하게 생겼었다. 순간 머릿속에 오만가지 생각이 스쳐 지나갔다.

'아, 여기서 그냥 나가야 하는 건가?'

몰래 병원 밖으로 다시 나가려고 하는 순간, 간호사 언니가 다가와 말했다.

"아까 전화 주신 분이시죠? 여기 이름, 주민등록번호, 전화번호 적으시고 잠깐 앉아 계세요."

나보다 스무 살은 많아 보이는 간호사 언니의 포스에 눌려 그냥 나가겠다는 말을 못 하고 소파에 앉아 개인정보를 적고 있는 날 발견했다.

"손주부님, 들어오세요."

병원 시설만 보고 굉장히 고민을 많이 했는데, 의사 선생님 피부를 보고 나니 마음이 조금 놓였다. 40대 후반의 남자분인 것 같은데, 피부가 굉장히 좋아 보였다. 의사 선생님은 마스크를 하고 레이저로부터 눈을 보호하기 위해서인지 물안경 같은 것을 쓰고 있었다.

의사 선생님은 내 얼굴의 점을 찬찬히 살펴보더니 눈썹 옆에 있는 점만 사마귀가 아니라 얼굴에 있는 모든 점이 사마귀라고 말했다. 점을 빨리 빼지 않아서 사방으로 퍼진 것이라고 말했다. 그러더니 특별히 3회에 걸쳐서 얼굴에 있는 모든 점을 빼 주겠다며, 치료 가격을 종이 위에 적었다. '3회 시술에 66,000원.' 생각보다 저렴하다고 생각했다. 인터넷에 검색해보니 점 하나당 만원이었는데, 66,000원이면 하나당 6천 원 정도밖에 안 했기 때문이다. (얼굴에 점이 10개나 있었다.)

'역시 가성비가 좋아서 리뷰가 많은 것이었어'라고 안도의 한숨을 쉬고 치료실 침대에 누웠다. 의사 선생님은 수경처럼 생긴 보호용 안경을 내 눈 위에 올려놓고 시술을 시작했다. 그리고 말했다.

"원래, 시술 전에 마취 크림 발라야 하는데, 남자니깐 그냥 갑시다. 조금 따끔하나 참을만해요."

말이 끝나자마자 내 얼굴에 레이저 빔을 쏘았다.

'악~~~~~~~~~~~~~~~.'

너무 아파서 이렇게 소리를 지르고 싶었으나, 남자니까 속으로만 소리를 질렀다. 따끔하다고 한 레이저는 바늘로 얼굴을 쑤시는 것처럼 아팠다. 잠시 뒤에는 삼겹살 태우는 듯한 냄새가 났다. 아마도 내 피부가 타는 냄새인 것 같았다. 시나이가 소리 지르기도 뭐하고, 물안경 뒤에 가려진 내 눈은 눈물로 가득 찼다.

엄살이 아니라 정말 아팠다. 10분간의 고통의 시간이 끝났는데, 의사 선생님이 특별 서비스라며, 얼굴 전체를 환하게 해주는 레이저를 쏴주셨다. 그 레이저는 바늘로 찌르는 고통이 아니라 라이터 불로 얼굴 전체를 지지는 듯한 고통을 선사해 주었다.

20년 같았던 20분간의 시술이 끝나고 의사 선생님은 재생 크림을 듬뿍 내 얼굴에 발라 주었다.

"오늘 내가 기분이 좋아서 비싼 레이저 마지막에 쏴줬으니깐, 며칠간 재생 크림 꾸준히 바르고 밖에 외출할 때 선크림 꼭 발라요."

병원 문을 열고 나오면서 피부과에 얼굴 관리받으러 가는 전국의 주부들이 참으로 대단하다고 생각했다. 아울러, 이 지옥 같은 시술을 앞으로 두 번이나 더 받아야 한다는 사실에 경악을 금치 못했다. 그리고 영수증에 찍힌 금액을 보고 또다시 경악을 금치 못했다.

"3회 시술 660,000원."

내가 무엇을 좋아하는지 아는 것

가뜩이나 코로나가 길어져서 우울했는데, 계절이 바뀌면서 갑자기 우울감이 찾아왔다. 그냥 만사가 다 귀찮고 손 하나 까딱하기 싫어졌다. 엎친 데 덮친 격으로 아내는 매일 야근을 했다. 일찍 집에 와서 집안일 좀 도와주면 정말 좋을 텐데, 집에 돌아와서도 밤늦게까지 일을 했다. 예전에 회사 다닐 때 지은 죄가 있어서 퇴근해서 집에 빨리 오란 소리도 못하겠다. 아내가 살림 살 때 야근과 회식으로 매일 늦게 집에 갔다. 주말에는 피곤하다고 시체처럼 잠만 잤다.

우울한 기분을 떨쳐내기 위해서 집 안 정리를 시작했다. 일 년 동안 거의 입지 않던 옷들부터 정리했다. 당근 마켓에

팔기도 하고 옷이 너무 낡은 것은 헌 옷 수거함에 넣었다. 그렇게 옷을 많이 버렸는데도 남아 있는 옷의 개수를 세어보니 정말 많았다. 상의가 30벌, 하의가 30벌이나 되었다. 상의와 하의를 믹스해서 코디하면 900가지(30×30)의 스타일이 나올 정도로 옷이 많은데, 매일 아침 한참 동안 고민하다 입는 옷은 항상 똑같다.

'회색 후드 티에 조거 팬츠, 그리고 편한 운동화.'

선택의 어려움은 마트에 가서도 생긴다. 월요일은 아이들과 라면 먹는 날이라 라면을 사기 위해 마트에 왔는데, 라면의 종류가 수십 가지는 되는 것 같다. 선택이 힘들 땐 그냥 신라면을 골랐는데, 이제 신라면만 해도 종류가 네 가지나 된다. 신라면, 신라면 블랙, 신라면 건면, 신라면 두부김치…….

라면에 넣어 먹을 달걀을 사러 가도 선택의 어려움은 계속된다. 목초란, 유정란, 동물복지란, 무항생제란 등등 달걀 종류가 너무 많아서 무엇을 골라야 할지 또 고민된다. 선택의 어려움은 덕분에 장을 보러 가면 한 두 시간은 그냥 간다.

선택의 어려움이 오는 이유는 선택에 대한 책임을 지는 것이 두렵기 때문이다. '내가 선택한 것보다 더 나은 선택이 있으면 어떡하지?'란 두려움 때문에 선택이 점점 어려워진다. 퇴사하고 전업주부의 길을 선택했을 때도 두려움이 따랐다. '동기들은 다들 부장도 되고 조만간 실장이 될 텐데, 사회적으로 경제적으로 뒤처지면 어떡하지?'란 생각이 오랫동안 나를 괴롭혔다. 하지만, 일단 마음을 정하고 퇴사 후 주부가 되고 나니, 이보다 더 좋을 순 없다.

이제는 마트에서 겪는 선택의 어려움을 해결하기 위해 온라인에서 장을 보기 시작했다. 코로나가 전 세계에 퍼진 이후로 온라인에서 장을 보는 일이 부쩍 늘었다. 마트에서 장을 볼 때와 달리 온라인에서는 어떤 제품이 더 좋은지 고민할 필요가 없다. 리뷰 개수와 평점이 높은 제품을 선택하면 실패할 확률이 낮다. 즉, 남들이 많이 사는 제품을 구매해서 선택에 따르는 부담과 리스크를 줄인다.

모든 판단을 스스로 하지 않고, 사회적 증거에 의존해서 살다 보면, 삶은 편할지 모르지만, 자신의 삶이 없어진다. 남들이 들고 싶어 하는 가방을 사고, 남들이 먹고 싶어 하는 음식을 먹고, 남들이 다니고 싶어 하는 회사에 입사 지원서를 쓴다. 이렇게 살다 보면 정작 내가 정말 좋아하는 것은 무엇인지 까먹게 된다. 이건 내가 좋아서 선택한 것인지 타인이 원해서 선택한 것인지 분간이 안 가게 된다.

예전에는 선택에 따른 책임을 지기 싫어서 사람들이 많이 가는 레스토랑과 카페를 스마트폰으로 미리 확인하고 방문했다. 온라인에 게시된 사진이 아무리 내 마음에 들어도 평점이 낮으면 방문하지 않았다. 이렇게 살다 보니 내 삶을 내가 안 살고 있다는 생각이 들었다. 남이 좋다고 하는 곳을 방문하고, 인증샷만 찍으러 가는 삶을 살고 있다는 생각이 들었다. 그렇게 살다 보니 내가 무엇을 좋아하는 사람인지 점점 까먹게 되었다.

주부가 되고 난 후로는 일부러 스마트폰을 끄고 아내와 산책한다. 아무런 목적도 없이 아내와 이런저런 이야기를 하면서 길을 걷는다. 길을 걷다가 마음에 드는 예쁜 카페를 발견하면, 스마트폰으로 리뷰를 보지 않고 직감을 믿고 들어간다. 이런 산책을 하다 보니 내가 어떤 것을 좋아하고 어떤 것을 싫어하는 사람인지 알아갈 수 있었다.

나는 세련되고 모던한 느낌의 카페보다 실내에 녹색 식물들이 많고 자연 속에 온 듯한 느낌이 드는 카페를 좋아하는 사람이라는 것을 알게 되었다.

회사를 관두고 글을 쓸 때도, 항상 나 자신에게 물었다. 이

글은 내가 쓰고 싶어서 쓴 글인지, 아니면 남들에게 잘 보이고 싶어서 쓴 글인지 물었다. 그리고, 아이러니하게도 내가 좋아서 쓴 글들이 다른 사람들에게 더 많은 사랑을 받았다는 사실을 깨닫게 되었다. 그래서, 이 책은 걱정이 안 된다. 내가 좋아서 쓴 글이기에 많은 분들에게 사랑 받을 것 같다는 예감이 든다.

• 에필로그 •

행복한 인생을 살고 싶다면

태어나서 불혹의 나이가 될 때까지 스스로 선택한 일이 별로 없었다. 학창 시절 때는 남들이 모두 대학 가야 한다고 하니깐 대학 입시를 준비했다. 왜 공부하고, 왜 대학에 가야 하는지 충분히 생각해 본 적이 없다. 주변에서 대학 안 가면 무시당하고, 거지 되기 십상이라고 하니, 거지가 되기 싫어서 그냥 공부했다.

남들이 좋다고 걸어가는 길을 아무 생각 없이 따라 걸었다. 대학을 졸업하고 선택할 수 있는 길들이 다양하게 있었지만, 남들이 모두 취업을 준비하길래 따라서 준비했다. 직장을 구하고 나서는 정년퇴직 때까지 잘리지 않으려고, 매일 열심히 일하길래 따라서 열심히 일했다. 어찌 보면 무리와 이탈해서 혼자만의 길을 걷는 걸 너무 두려워했던 것 같다.

이렇게 남들 따라 살아오던 사람이 자발적으로 직장을 관두고 가정주부가 되었다. 그것도 흔치 않은 살림 사는 '남성 주부'가 되었다. 혼자 걷는 길이 두렵긴 했지만, 이제 더 이상 앞만 보고 따라가는 레밍처럼 살고 싶지는 않았다. 무리에서 이탈하면 포식자들에게 잡혀 먹힐 수도 있지만, 무리에 묻혀 앞만 보고 따라가다가는 절벽에 떨어질 수도 있겠다는 생각이 들었다.

살림 초반에는 어려움도 많았다. 살림 자체가 익숙하지 않은 것도 있지만, 아직 남자가 전업주부인 경우는 드물기에 사회적 시선도 곱지 않았다. 한창 돈 벌 나이에 직장을 관두어서 무책임한 남자라는 소리도 들었고, 집안이 알고 보니 100억대 부자라서 회사를 관두었다는 비아냥도 들었다. 학기 초 학부모 모임에 남자가 참석하자 다들 이상하고 신기한 눈으로 쳐다보았다.

이처럼 주부 생활 초반에는 사회적 편견으로 인한 어려움이 있었지만, 시간이 흐를수록 내 삶의 방식을 이해해주는 사람들도 많아졌다. 동네 할머니는 "애 키우면서 살림 살기 힘들지?" 하시며, 반찬을 가져다주었고, 동네 아주머니들은 여자들만 있는 단톡방에 초대해주고 육아와 살림 살면서 필요한 정보를 공유해 주었다. 지금은 코로나로 인해 자주는 못 하지만, 여자들끼리 수다 떠는 브런치 모임에 초대도 받았다.

살림도 살다 보니 점점 익숙해졌고 뿌듯한 순간들도 늘어갔다. 태어나서 처음으로 김밥을 만들었을 때의 뿌듯함은 잊을 수 없다. 엉성하게 말아서 옆구리가 많이 터진 김밥임에도 불구하고 아이들이 맛있게 먹어주니 너무 고마웠다.

내가 가고 싶은 길을 걷고 하루의 일상을 글로 적기 시작했을 뿐인데, 행복한 일들이 생기고 돈도 벌리기 시작했다. 잘하는 일이 아니라 좋아하는 일을 해도 돈이 벌리니 무척 신기했다. 물론, 잘하는 일을 통해 벌어들이는 돈 보다는 터무니 없이 작았지만, 좋아하는 일을 했을 때의 보람은 훨씬 더 컸다.

며칠 전 사업하는 친구를 만났는데, 충격적인 이야기를 들었다. 그간 벌어놓은 돈이 얼마 되지 않아서 미래가 걱정된다는 것이었다. 충격을 받은 이유는 그 친구가 매달 벌어들이는 순수익이 직장인 1년 치 월급에 달했기 때문이다. 대화를 통해 친구는 상대적 빈곤을 느끼고 있음을 알 수 있었다. 그 친구는 강남에 비싸기로 유명한 아파트에 거주하고 있지만, 동네 주민들과 비교해서 가난한 편이었기 때문이다. 예컨대, 친구는 벤츠를 타고 다니지만, 동네 주민들은 더 비싼 페라리를 끌고 다녔고, 친구는 이런 사람들을 부러워하고 있었다.

자본주의 사회에서는 '돈을 얼마나 갖고 있나'로 성공 여가 결정되는 경우가 많다. 하지만, 돈의 많고 적음으로 성공 여부를 결정하면 성공하기 쉽지 않다. 부는 상대적 개념이기 때문이다. 세계 1위 부자가 되지 않는 이상은 나보다 돈 많은 사람은 항상 만날 수 있고 그들과 자신을 비교하면 상대적 빈곤감을 항상 느낄 수밖에 없다. 친구가 강남 30평대 아파트에 살면서, 벤츠를 몰고 다녀도 50평대 아파트에 페라리를 보유한 사람에게 상대적 빈곤감을 느끼는 것처럼 말이다.

인생에서의 성공은 '지금 내가 가지고 있는 것에 대해 얼마나 감사한 마음을 갖고 있는지에 달려있지 않을까?'란 생각을 해보았다. 그런 측면에서 보았을 때 지금의 나는 성공한 인생을 살고 있는 것 같다. 세상에 굶어 죽어가는 사람도 많은데, 하루 세끼 잘 챙겨 먹고 있고, 세상에 난방비가 없어

추위에 떨고 있는 사람도 많은데, 따뜻한 집에서 얼어 죽을 걱정없이 잘 살고 있으니깐 말이다.

성경에 이런 말이 있다.

"무엇을 먹을까, 무엇을 마실까, 무엇을 입을까 하고 걱정하지 말아라. 이 모든 것은 모두 이방 사람들이 구하는 것이요, 너희의 하늘 아버지께서는, 이 모든 것이 너희에게 필요하다는 것을 아신다. (중략) 그러므로 내일 일을 걱정하지 말아라. 내일 걱정은 내일이 맡아서 할 것이다. 한 날의 괴로움은 그날에 겪는 것으로 족하다."

성경 말씀처럼 내일 걱정은 내일 해야겠다. 위에 계신 분이 알아서 잘 챙겨주실 거니까. 오늘은 따뜻한 집에서 커피 한 잔 내려 마시며, 좋아하는 글쓰기나 하면서 보내야겠다.

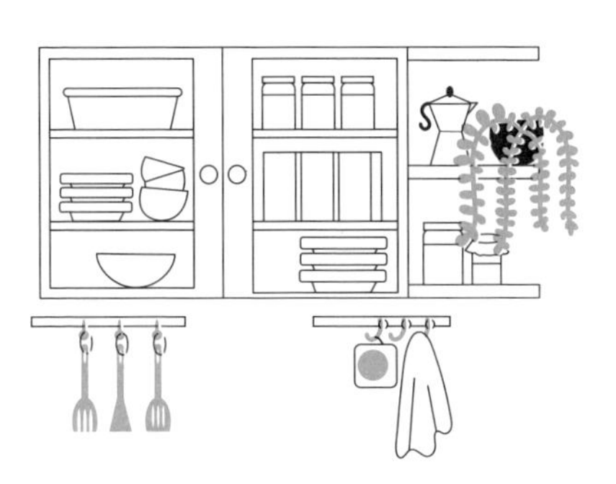

"무엇을 먹을까, 무엇을 마실까,
무엇을 입을까 하고 걱정하지 말아라.
이 모든 것은 모두 이방 사람들이 구하는 것이요,
너희의 하늘 아버지께서는,
이 모든 것이 너희에게 필요하다는 것을 아신다.
……
그러므로 내일 일을 걱정하지 말아라.
내일 걱정은 내일이 맡아서 할 것이다.
한 날의 괴로움은 그날에 겪는 것으로 족하다."

대기업 그만둔 X세대 아저씨의 행복 찾기

전업주부는 처음이라

초판 1쇄 인쇄 2022년 7월 6일

초판 1쇄 발행 2022년 7월 18일

지은이 | 손주부

펴낸이 | 전준석

펴낸곳 | 시크릿하우스

주소 | 서울특별시 마포구 독막로3길 51, 402호

대표전화 | 02-6339-0117

팩스 | 02-304-9122

이메일 | secret@jstone.biz

블로그 | blog.naver.com/jstone2018

페이스북 | @secrethouse2018

인스타그램 | @secrethouse_book

출판등록 | 2018년 10월 1일 제2019-000001호

ISBN 979-11-92312-17-0 03810